マドンナメイト文庫

処女覚醒 ふしだらな遺伝子

殿井穂太

目次

contents

第1章　魅惑の奸計……7
第2章　生娘痴女の願い……69
第3章　絶望と恍惚……130
第4章　とまどう美少女……179
第5章　悪魔の肉体……218

処女覚醒　ふしだらな遺伝子

第一章　魅惑の奸計

1

「羽村《はむら》さん」

鈴を転がすような声だった。

ふり向かずとも、誰に呼ばれたのかすぐにわかる。それほどまでに、その娘の存在は羽村永太《えいた》にとって特別なものになっていた。

「……お、おはよう」

内心の動揺を懸命に押し殺した。

ふり返り、大人の余裕を見せつけて悠然と微笑《ほほえ》む。たのむ、自然に見えてくれと心で神に祈りながら。

（ああ……）

だがそんな虚勢は、みるみるくだけてしまいそうだ。

その娘は、つい先日十六歳になったばかり。気になる姿を見たとたん、永太は息さえ止まりそうになる。

（衣里《えり》ちゃん）

甘酸っぱい気持ちで少女を呼んだ。

もちろん、心の中でである。

あまりに思いが強いせいで、気やすく名前も呼べなかった。

しかも、そんな自分の情けなさを「きみになどあまり興味がないのだよ、なにしろこちとら大人なので」といった偽りの仮面に隠し、いつも必死にごまかしている。

「おはよう、羽村さん。今日も暑いね」

しかし少女は、そんな永太のぎくしゃくぶりになどまったくおかまいなしである。

ＪＲの駅へと向かう彼の隣に、自然に並んでいっしょに歩く。

うれしげに相好《そうごう》を崩して、手びさしを作った。

まぶしそうに目を細め、天を仰ぐ。

釣られていっしょに空を見れば、抜けるようなブルースカイ。

深い青色がどこまでもつづいている。いかにも夏らしい白い雲が、みなぎる力を感じさせながら心地よさげに湧いていた。

（ああ、いい匂い）

永太はついうっとりとする。

まだ女子高生なのだから、フレグランスをつけているわけではないはずだ。たぶんこの芳香は、流れるように躍るストレートの黒髪から香っているのだろう。

甘ったるいアロマにドキドキしながら――。

「…………」

住宅街の通りで、永太はちらっと少女を見た。

緑川《みどりかわ》衣里。

この地区随一と言われる名門お嬢様進学校に通う才媛は、同じ会社で働く先輩社員、緑川祐一《ゆういち》のひとり娘。

緑川たち家族も永太も、同じ団地で暮らしている。もっとも衣里は、今から二年前に緑川が再婚した後妻、沙紀《さき》の連れ子だった。

四十二歳になる緑川は、学生時代は柔道をやっていたという。いかにも元柔道家という感じの、ゴリラのような中年男だ。

最初に彼から「俺の娘」と紹介されたときは「冗談だろう」と驚いた。だから血のつながりはないと知って、大いに納得したものだ。

それほどまでに、緑川と衣里はあまりに違った。先輩の緑川がゴリラなら、こちらはまぎれもなく天使そのものだ。

（天使って）

心に浮かんだその言葉に、永太は気恥ずかしさをおぼえた。

三十一歳にもなってなにを言っているのだといたたまれなくなるものの、ほかに形容のしようがない。

それほどまでに、つい数カ月前の初対面のとき、少女に抱いた感激と驚きは鮮烈なものだった。

「ちゃんと勉強しているの」

いつも思うことだが、こんなかわいい娘となにを話せばいいのかわからない。

永太は胸をはずませながら、散りぢりになりそうな大人の矜持《きょうじ》をかき集め、衣里に聞く。

「あっ」

すると衣里は、茶目っ気たっぷりに永太をのぞきこんだ。思いがけず至近距離で愛らしい美貌を目にしてしまい、永太はうろたえる。

いきなり顔が熱くなった。

まさか赤くなってしまったのではないだろうなとあせりつつ「な、なに」と衣里に聞く。

「ウフフ。だって子供扱いしてるんだもん、私のこと」

衣里は、ふたたび前を向いて歩きながら永太に言った。

「えっ……」

永太は思わず絶句する。衣里がちらっとこちらを見た。背中で波打つ黒髪が、夏の風をはらんでふわりと躍る。

「勉強してるよ、ちゃんと。がんばらないとみんなについていけなくなっちゃうし」

かわいらしい挙措で髪の乱れを直し、可憐《かれん》な美少女は前を向いて言った。真正面から見てもキュートだが、横から眺めても、やはりとびきりの美しさである。

鼻すじがすっと通っている。

そのくせ唇はぽってりと肉厚で、まだ十六歳だというのに、早くも艶《なま》めかしい官能みを感じさせる。

「そ……そっか」

「羽村さんは」

いきなり問いかけられ、永太はきょとんとした。衣里はこちらを見あげ、黒目がちの瞳を輝かせて言う。

「ちゃんとお仕事しているの」

「あ、当たりまえだろ」

「ウフフ、たいへんだよね。うちのお父さんなんかといっしょの職場で」

愛嬌《あいきょう》たっぷりのしぐさで、小首をかしげて衣里は言った。永太は今日も、朝っぱらから心臓がバクバクだ。早くも早鐘さながらに鳴りだしたことに狼狽《ろうばい》しつつ、なんとか平静をよそおう。

「そんなこと……いろいろとよくしてもらってるよ」

「大人だなあ」

衣里は、楽しそうに目を細めて永太に言った。

「えっ」

「羽村さんは大人。模範解答、さすが」

「いや、模範解答って……」

「あはは」

「…………」

明るく笑う美少女を、永太はうっとりと盗み見る。

卵形の小顔。頭頂部のキューティクルまでもがキラキラとまぶしい、濡れたような黒髪。

古きよき時代の大和撫子《やまとなでしこ》を思わせる和風の美貌は、まさに「清楚《せいそ》な美少女」という形容がふさわしい。

どこにでもいそうでいて、じつはめったにお目にかかれない、典雅な雰囲気すらたたえている。

そのうえひとたび無邪気に笑えば、透明感あふれる愛くるしさまで惜しげもなく放った。

これで五月に行われた中間テストでは、学年十番以内の成績をおさめたというのだから、天は確実に、この少女に二物を与えている。

(いや、二物どころか)

永太の視線は、朝っぱらからいやでもほの暗さを増した。誰にも見られていないことをたしかめ、少女の横顔から身体へと視線を下降させる。

衣里がこの春から通いはじめた名門女子校の夏服は、白いブラウスとグレーのスカート。

スカートにはうっすらと、チェック柄の赤いラインが走っている。

はっきり言って、なんの変哲もないブラウスと膝丈のスカート。だがそれだけで、ここまでのオーラを放てるのは、まさにこの年ごろの少女ならでは。しかもオーラの強烈さは、まさに緑川衣里というこの娘ならではと言えた。

夏の日差しを反射して輝く白いブラウスは、いかにも胸もとが窮屈そうだ。まるいふくらみに押しあげられ、パツンパツンに突っぱっている。

(すごいおっぱい)

胸に視線が吸いつきそうになり、永太はあわててあらぬかたを見た。衣里の乳房は早熟な魔性で、苦もなく男心を惑乱させる。

Fカップ……いや、Gカップはあるだろう。

緑川の言葉を借りれば、中学三年の終わりごろからいきなり発育しはじめたらしき胸乳は、永太の目測では九十センチ程度はありそうな気がした。

中学時代のほとんどはマッチ棒のように細かったという話だ。だがこの春、永太が街に越してきたころには、すでにむちむちぶりを発揮していた。

いずれにしても、身体も心もまだまだ発育途上の思春期の少女。

そんな年ごろの女の子にだけ与えられた特権的なフェロモンをこれでもかとばかりにふりまきながら、衣里は無防備なもっちりエロスをアピールしてくる。

透きとおるように色の白い娘だ。

身長こそ百六十センチにとどくかとどかないかというぐらいだが、体形はほどよく均整がとれ、ついじっと鑑賞したくなるような健康的な色香を放っている。

(ああ、そんなに揺れないで)

永太は息づまる気持ちになった。

持ち主である衣里の動きに呼応して、たわわな胸乳がユッサユッサと豊満な房をいやらしく躍らせる。

たまらず、股間がキュンとなった。

いったい俺はなにをしているのだと情けない気持ちになりつつも、蠱惑《こわく》的にはずむ大きな乳から目が離せない。

白いブラウスとブラジャーの下には、いったいどんなふくらみが隠されているのだろう。

おっぱいはどんな形だろう、そして、どんな大きさだろう。量感たっぷりのまるみの先には、どんな乳首と乳輪が息をひそめているのだろう。

「あれ、どうしたの」

（あ……）

不思議そうに、またしても顔をのぞきこまれた。

永太はあわてて我に返る。

「い、いや、別に。今日も暑くなりそうだなって」

すべてを天気のせいにして、恨めしそうに天を見あげた。ネクタイを少しだけゆるめるまねをする。

「そうだねえ……あ、そうそう。ねえ、今夜、お父さんと飲むんでしょ」

「えっ……あ、ああ」

とつぜん衣里に聞かれ、永太はうなずいた。

「それも仕事のうちって感じ？　大人ってたいへんだね。フフ。あ、じゃあ私、こっちだから」

右へ行けば大通りへとつづく十字路まで来ていた。

衣里はそう言って、かわいく手をふる。

「あ、うん。がんばってな」

「はーい。羽村さんも。今日はね、私、お友達の家《うち》にお泊まりなんだ」

「え……そうなんだ」

「………」

いきなり言われ、とまどいながら返事をした。衣里はいたずらっぽい表情でじっとこちらを見る。

「えっと……な、なに」

意味深な目つきに耐えられず、永太は聞いた。

すると、すかさず衣里が言う。

「聞かないの、男友達か女友達かって」

「えっ」

「あはは。女友達に決まってるって？　まあ、残念ながらそうなんだけどね。あははは。じゃあね」

「あ……」

「ウフフ」

衣里はもう一度手をふった。

スカートの裾をふわりとひるがえし、大通りめざして駆けていく。そちらには、彼女が通う女子校ゆきのバスが走っていた。

「………」

永太はじっと、遠ざかる少女を見た。

走るたび、スカートの裾がヒラヒラとひるがえる。

そのたび、もっちりした太腿《ふともも》が見え隠れした。ピチピチした白い肉が、プルンプルンとふるえている。

アスファルトをローファーが踏みしめるたび、ふくらはぎの筋肉が艶めかしく盛りあがってはキュッと締まった。

右へ左へと、美しい髪が流れて躍る。

そんなうしろ姿ですら、永太はこれっぽっちも見飽きなかった。

自分が鼻の下を伸ばして少女を見ていることに気づき、いかんいかんと首をふる。

ふたたび、通りを歩きだした。

(十五歳も違うのに)

気恥ずかしさをつのらせつつ、永太は残酷な歳《とし》の差に思いをはせる。

三十すぎの男が高校一年生の女子を意識しているという時点で、気持ち悪いという烙印《らくいん》を押されてもしかたがない。

まさか自分がこんなことになってしまうだなんて、この地に越してくる前は想像もできなかった……。

恋も仕事もうまくいったことなどない、どこにでもいる小市民——それが自分という男だと羽村永太は思っていた。

高校も大学も、いわゆる二流レベル。

子供のころからそれなりに努力はしてきたものの、結果として得られる勲章は、いつもその程度のものだった。

恋だってそう。

高校時代、この娘ならと真剣に恋した同級生の少女は、親友だと思っていたはずの男友達にかっさらわれた。

大学生だったときは、中学時代の同窓の女性と再会し、恋に落ちたが、彼女は永太より偏差値の高い一流私大の学生になっていた。

はた目に見たら、いいところまで行きそうなふたりに見えたらしい。

だが永太は結局、コンプレックスに負けた。

自分なんかという気持ちに打ち勝てなかった。結局自ら身を引いて、以来その女性とは、今日にいたるまで二度と会っていない。

就職こそ、誰もが知っているようなＩＴ企業に奇跡的に入れたが、正直に言えばそこで働いていた叔父のコネクションがあったからというだけのこと。

営業部門に配属され、懸命に働いてきた。

しかし、今日までさしたる成果は残してこられず、東京本社から中部地方の某小都市にある支社へと転勤になった。

本社で採用された社員が転勤になると「島流し」などと揶揄《やゆ》されることで有名な支社だった。

当然、永太もがっくりと来た。

だが同期入社の社員たちは、自分以外判で押したような一流大卒のエリートばかり。自分の人生なんて結局こんなもんだよと、いつものようにシニカルな気持ちで受け入れて、ここへとやってきたのである。

住む場所は、地元で有名な巨大団地の一室を借りられた。会社のほうでそれなりの数の部屋を寮として借り受けているのである。

団地から会社のあるターミナル駅までは、ＪＲを利用して三駅ほど。そして、団地から最寄り駅までは徒歩で十分ほどという、まずは申し分のない寮である。

団地には、当然のように同じ会社の社員たちがいた。永太のような独身社員もいれば、緑川みたいに所帯持ちもいる。

だが、団地で深いつきあいがあるのは、同じ営業部で仕事をする先輩社員の緑川だけだった。

そんな縁から、永太は緑川の妻である沙紀や連れ子の衣里にも紹介され、親しくなったのであった。

「いくら意識したって、先のことはわかってるんだけどさ」

衣里と別れた永太は、腕時計で時間をたしかめ、急ぎ足になって独りごちた。

どんなにかわいいと思ったところで、しょせん縁のない娘。あれほどまでの美少女なら、選ぶ相手には不自由しないだろう。事実、緑川の話では中学生のころから、男子生徒たちにモテモテだったという。

そのうえ、あの愛らしさに加え、頭までよいと来ている。

文字どおり、高嶺《たかね》の花もよいところではないか。

しかも十五歳という歳の差は、こんなことをあれこれと考えること自体、笑止千万であることを永太につきつける。

「さあ、仕事、仕事」

気持ちを切りかえるように言い、永太は駅舎に向かって駆けだした。

急がないと、本当に一本、電車に乗り遅れそうだった。

2

「飲んでるか、羽村。遠慮するなよ」

「しませんよ、遠慮なんて。どうせ割り勘でしょ」

「あ、そうか。あははは」

リラックスしきった緑川の声が、大衆的な居酒屋にひびく。

その夜、約束どおり永太は、仕事帰りに先輩の緑川と一杯やっていた。

ふたりが暮らす地元の駅近くにも飲み屋はあったし、そういう店で飲むこともある。

だが今夜は緑川に誘われ、会社近くの駅前の店でふたりしてワイワイやっていた。

お世辞にもきれいとは言えない店だった。だが緑川が太鼓判を押したとおり、安いけれどおいしい焼き鳥が売りものの穴場。

すでにふたりとも、焼き鳥や刺身、煮物などをつまみにして二杯ほどビールの中ジヨッキを空け、日本酒へと切りかえていた。

永太も緑川も、酒に強いほうではない。現にふたりとも、今夜も酔いがまわってきている。

緑川は、永太が配属された営業第二課三係の係長補佐をしていた。全十名ほどの所帯で、永太は緑川とコンビを組んで仕事をしている。

営業第二課三係の業務は、いわゆるＳＩｅｒ営業だ。

ＳＩｅｒ営業は、クライアントへのシステム導入の提案や契約、システムの構築と保守運用など、企業のシステム構築のすべてにたずさわる部署である。

ただし受け持っている企業は大手一流企業ではなく、地元の二線級。

企業規模も資金力も大手とは大きなへだたりのある中小企業ばかりを担当している。

大金を動かすビッグプロジェクトとは、縁のない部門だった。

四十二歳で係長補佐ということからも想像のつくとおり、緑川は決してエリート社員ではなかった。

いかにも営業担当らしい人なつっこさは最大の武器だが、緻密な戦略や大将的な器とは縁遠い人柄で、同期の中ではもっとも出世が遅れているというのが、自虐まじりの本人の弁である。

（もしかして、自分と同じ匂いを感じたのかな、俺に）

頭にくる顧客のことなどを話題に酒をあおる緑川の話に相づちを打ちつつ、永太はそんなことを思って苦笑しそうになった。

最初から緑川は、なぜだか永太をかわいがった。

同じ団地に暮らすことになった縁も関係したかもしれない。あれこれと世話を焼き、すぐに仲間として認め、懐に入れた。

永太も緑川とは、相通じるものをおぼえた。

こちらからも気を許して接した。

本社の人間からは「島流し」などと陰口をたたかれた転勤だったが、緑川のおかげで永太としては、本社にいたときより気持ちは楽になっている。

それが企業戦士として、いいことなのか悪いことなのかはわからないが。

もしかしたら、自分と同じ匂いを相手に感じているのは、永太のほうかもしれなかった。

「それでさ、羽村、ひっく」

緑川は、ようやく仕事の愚痴をぶちまけ終わった。

ゴリラのような風体《ふうてい》。酔いのまわった赤ら顔を永太に近づけ、声をひそめる。

「は、はい」

永太は緑川にならって声を小さくした。

こちらからも顔を近づける。先輩社員にならい、きょときょとと周囲を気にしてから、もう一度目をあわせた。

居酒屋はすでに満席だ。

どの席からも客たちの、酔いにまかせた大きな声が聞こえてくる。

「おまえさ」

「ええ」

「俺の女房……沙紀のこと、どう思う」

「はっ」

とつぜんの問いかけに、永太はきょとんとした。

「どう思うって」

緑川は酔いで濁った目で、じっと永太を見る。

酔ってこそいるものの、真剣な顔つきに見えた。冗談で混ぜ返してよい雰囲気ではなさそうだ。

「それは、まあその」

「きれいなかたですよね」

「…………」

なんと言っていいものかと惑いつつ、照れくささを押し隠して永太は言った。すると緑川は、ねっとりと糸を引くような笑みで口角をつりあげる。

「そう。いい女なんだよな。だろ」

細めた両目に好色な気配があった。なんだ自慢かよと思いつつ、永太は「はい」と答える。

世辞を言っているつもりはなかった。

三十五歳だという沙紀は、緑川が一時期よく行っていたという小料理屋で手伝いをしていた女性だった。

若い時分に連れあいを交通事故で亡くし、女手ひとつで衣里を育ててきた。昼間はスーパーのレジ打ちやパチンコ屋のスタッフなど、いくつもの仕事をかけもちし、夜も必死に働いた。

緑川は、たいして料理の旨《うま》い店ではなかったが、沙紀を目当てに足繁くそこにかよったという。

そしてその甲斐《かい》あって、ついに後妻として沙紀をめとることに成功した。ちなみに緑川の前妻が病死したのは、今から七年前だそうである。

沙紀は緑川が得意そうに自慢するとおり、たしかに魅力的だった。なにしろ血を分けたひとり娘が衣里なのだから、美貌の極上さは折紙付である。

ただ、美しさの質は母と娘ではちょっと違う。

娘の衣里が、清楚で透明感あふれる大和撫子的美少女なら、沙紀のほうは癒やし系の美貌を持つ、男好きのする顔立ち。

娘にも分けた色白の小顔を明るい栗色の髪でいろどり、いつもやさしげに微笑んだ。色っぽくウエーブのかかった髪の先が、小さな肩のあたりで綿毛のようにフワフワと揺れていた。

娘の衣里は黙って立っていても、近寄りがたいオーラを発する少女だが、母親のほうにはそうした神々しさ、気圧《けお》されるような雰囲気はない。

感じさせるのはもっと親しみやすい、母性的なフェロモン。

もっとはっきり言うならば、男に変な期待を抱かせかねない脇の甘さのようなものをあわせもつ美しさであった。

血を分けた母と娘の顔立ちには、永太の見るところそんな違いがある。

しかし一方で、そのむちむちとした体つきは、まさにＤＮＡというものの不思議と神秘さを感じさせた。三十五歳という年齢のぶん、セクシーなもっちり感は当然のように、母親に軍配があがったが。

衣里に対する永太の気持ちは気持ちとして、沙紀と相まみえれば、いつだってその魅力に息づまるものをおぼえさせられた。

はちきれんばかりに盛りあがるおっぱいは、おそらくHカップ。百センチ前後はあるのではないか。

しかも、圧巻の迫力に目を奪われてしまうのは乳房だけではない。

スカートやホットパンツの臀部《でんぶ》を押しあげてふくらむヒップのいやらしさは、とうてい十六歳の少女が張りあえるものではなかった。

会えばいつでも目のやり場に困り、そわそわとさせられること疑いなしの庶民的な美女——それが緑川沙紀という熟女妻だ。

「おい、いい女だよなって聞いてんだよ」

永太がなにも答えないことにじれ、緑川が催促するように言った。

「え。あ、ああ、もちろん、そう思ってますよ」

永太は照れを感じながらも、猪口《ちょこ》の酒をグイッと飲みほし、緑川に答える。

「そうだろ、そうだろ。うっししし」

酔った緑川は肩を揺すって笑い、これまた酒をあおった。

注《っ》げとばかりに、永太に向かって猪口を差しだす。永太は徳利をとり、先輩の猪口にそっと注いだ。

「おまえさ」

酒を注がれながら緑川は言う。

「はい」

「抱きたくないか、沙紀を」

「えっ」

「おいおい、酒酒酒」

「あっ……」

いきなり言われたのは、耳を疑うような言葉だった。永太はギョッとし、思わず対面の緑川を見る。

徳利をもとに戻すことさえ失念した。猪口からあふれた日本酒が、テーブルの上にビチャビチャとしたたる。

「あの、今なんて」

気づいた店員が、おしぼりを持ってきてくれた。永太は恐縮しながらそれを受けとり、テーブルを拭きつつ緑川に問いかける。

「だからよ」

赤く火照った顔をまたも永太に近づけ、酔いで濁った両目で緑川は彼を見た。

ニンマリと、意味深な感じで口角をつりあげる。

「抱かせてやってもいいぞ、俺の女房」

「ちょ、ちょちょ、ちょっと待ってください」

どうやら聞きちがいではなかったらしい。

だとすると、やはり困惑せざるをえない。唐突で奇天烈《きてれつ》な、この展開はいったいなんだ。

「あの、緑川さ――」

「抱いてみたいと思わないか、沙紀を」

「いやいや。いやいやいやいやいや」

納豆さながらに、糸を引くような調子でささやかれる。周囲の客たちの陽気な声が、ぐわんぐわんと鼓膜に反響した。

緑川は冗談を言っているようには思えない。だが冗談ではないとしたら、その真意がわからない。

「緑川さ――」

「答えろ。抱いてみたくないか、あのいい女」

落ちついてと言うように、永太はふたつの手のひらを前に出しながら言った。

だが、緑川はマイペースだ。

しかも、イライラしていることを隠そうともしない。永太がみなまで言うのを待たず、身を乗りだして語気を強める。

「緑川――」

「まさか抱きたくないって言うのか、俺の女房を」

「い、いや……」

いったいなんと答えればよいのだと永太は途方にくれた。こんな聞きかたで問われたら、抱きたくないなどと言えるわけがない。

いや、そもそも、抱きたいのか抱きたくないのかと問われたら、抱きたくないなどと即答できる男なんてまずいない。

それが沙紀という魅惑の熟女だ。

「答えろ」

ギロッと永太をにらんで、緑川は返事を求めた。

「緑川さん」

「こ、た、え、ろ」

「うう……」

まいったなと、永太はうろたえる。世辞が半分、だがもう半分は偽らざる本音。ため息まじりにとうとう言った。

「抱きたいですよ、それは」

永太の言葉を聞くや、緑川はしてやったりという顔つきで微笑んだ。永太は言いわけがましくさらに言葉を継ぐ。

「だ、だって、あんな魅力的な女性、そんなふうに思わないほうが。でも……あの、でもですね――」

「わかった。みなまで言うな」

緑川は手を伸ばし、永太の肩をたたいた。じっとこちらを見つめ、意味深な目つきで押しだまる。

あまりに沈黙が長いため、だんだん永太は不安になった。

「あの――」

「抱かせてやる」

「……えっ！」

「抱かせてやる。しかたがない」

恩着せがましく、緑川は言った。

「そこまで言われたら、こっちだってそう言うしかないよな」

「いや、そこまでって……」

言わせたのはあんたでしょうがととまどう気持ちと、あの魅惑の熟女とセックスができるかもしれないという驚天動地の事態と直面し、浮きたつ気持ちの双方が湧きあがる。

しかしやはり、理性が勝った。

「ちょ、ちょっと待ってください。いや、それはね、もちろんうれしくないとは言いませんけど、いくらなんでもそんなことを緑川さんの一存で――」

「条件がある」

早口になって意見をする永太を、低い声で緑川は制した。

「えっ……条件」

「そうだ」

永太は眉をひそめて緑川を見つめた。

緑川は重々しくうなずくと、もう一度周囲を見まわす。

永太に顔を近づけた。

永太もまた、緑川にあわせて彼に顔を近づける。そんな永太に、緑川は小声で言った。

「衣里とセックスがしたい」

「……はっ!?」

「…………」

「ちょ、ちょっと、みどり――」

「協力しろ、羽村」

有無を言わせぬ命令口調で、緑川は言った。

「な、協力してくれ」

「緑川さん……」

「そうしたら、好きなだけ沙紀とエロいことをさせてやる」

3

「ごめんなさいね、羽村さん」

謝らなければならないのは、こっちのほうである。それなのに、緑川沙紀は申しわけなさそうに柳眉を八の字にした。

「いえ、そんな……あっ……ひ、ひっく」

「まあ……大丈夫」

「え。ええ、ええ、平気れす。ひっく」

まじめに返事をしそうになり、自分にストップをかけ、演技をする。

——いいな。今夜はもう、ベロンベロンで前後不覚だってことで最後まで演じろよ。

緑川から事前にそう言われ、遅くに家まで押しかけていた。

本当はそこまで酔っているわけではない。

と言うより、今夜の奸計《かんけい》について緑川から提案をされ、酔いなど吹っ飛んだというのが正確か。

それほどまでに、居酒屋で決まった計画は永太をパニックにおとしいれ、一気に緊張させた。

だが、帰ってきた夫が泥酔しているばかりか、予告もなく永太まで連れてきたことを知った沙紀は、ひとりだけ蚊帳《かや》の外。

永太の床を急いで用意したりとバタバタしっぱなしで、夫のあこぎな計略になど、これっぽっちも気づいていない。

「羽村さん、ごめんなさい。お布団敷いたので、ここで休んで」

寝具をととのえた沙紀は、リビングのテーブルで水を飲んでいた永太に、客間の入口に立って言った。

「ああ、すみません。遅くに押しかけて、ご迷惑……ひっく」

永太は演技モードで、そんな沙紀に頭を下げる。

緑川は、もうとっくに夫婦の寝室だ。偽りの高いびきが、ここまで高らかに聞こえている。

「ううん、こちらこそ。無理をさせたんでしょ、緑川が。いやなら断ったっていいのに。あの人ったら、こんなに飲ませて。かわいそうに」

永太は椅子から立ち、恐縮しながら客間に入ろうとした。沙紀はそんな彼を心配そうに見て、夫をなじる。

（すみません、沙紀さん）

とつぜん押しかけても迷惑そうにするどころか、あれこれやさしく気づかってくれる人妻に、永太は心で詫《わ》びた。これから起きることがわかっているだけに、罪悪感はよけいにつのる。

居酒屋での緑川とのやりとりから、すでに二時間ほど経《た》っていた。

緑川とふたりで団地に帰った。

だが団地は団地でも、A棟二階にある自分の部屋ではない。今彼がいるのは、C棟の五階。緑川たち家族が暮らす家である。

ちなみに、永太の暮らす団地は全部で五棟。

昭和の終わりごろに建てられたという古い団地だが、数年前に修繕がされ、こぎれいな外観になっている。

３ＬＤＫの緑川の家も、建物の外観以上にきれいだった。

部屋の造りはそれなりでも、沙紀のセンスのよさが随所に横溢《おういつ》し、いつ訪れても清潔な雰囲気と上品さが感じられる。

だが、さすがに今夜ばかりは、そんなことに感心をしている余裕はなかった。どうしてこんなことになってしまったのかと、この期《ご》に及んでも、ずっと動揺しつづけている。

そんな彼の落ちつかなさは、パジャマ姿の沙紀を見るとよけいに強まった。目にするたびほっこりとさせられる癒やし系の美貌。濡れたように輝く両目が、笑顔になるたび垂れ目がちになり、ますます心安らぐ思いが増す。

ウエーブのかかった髪をアップにまとめていた。気づかなかったうなじの、思いもよらない艶めかしさをまのあたりにし、そのことにも先ほどから永太はそわそわさせられている。

だがやはり、彼を浮きたたせてしまうのは、夜着になろうと変わることのない、もっちりとした熟女の体つきである。

(ううっ、このおっぱい……)

沙紀に招じ入れられ、六畳の和室へと身を移しながら、永太はチラチラと沙紀の胸もとを盗み見た。

ピンク色をしたパジャマはゆったりとしたサイズ。だがそれでも、やはり胸のあたりだけはかなり窮屈そうである。

中に小玉スイカでも忍ばせているのではないかと思うほど見事なふくらみが、パジャマの上着を内側から思いきり盛りあがらせていた。

そのうえ、就寝前である。

ブラジャーなど、はずしているのが当たりまえ。見ればふくらむ胸もとの生地は、乳首の突起さえ示していた。

そんな無防備なおっぱいが、パジャマの布を道連れに、ユッサユッサとよく揺れる。重たげにはずむ魅惑の乳に、永太は息づまる気分になる。

「す、すみません。おやすみなさい、ひっく……」

思わず股間もキュンとなった。

これ以上は目に毒、身体にも毒とばかりに、あわてて目をそらし、フラフラと布団に転がりこむ。

「あ、そのままじゃ……緑川ので申しわけないけど、パジャマも用意したのでよかったら着てくださいね」

沙紀はそう言って、客間から出ていこうとした。見れば布団の枕もとには、きれいにたたんだパジャマがある。

「わあ、ありがとうございます。おやすみなさい。ほんと、すみません……」

永太は酔った演技をしながら、沙紀に頭を下げた。沙紀は永太に応じて会釈をし、部屋の引き戸を横にずらす。

「ううん、気にしないで。着がえてくださいね。それじゃ……」

「はーい。おやすみなさーい。ひっく……」

偽りのしゃっくりをしながら、永太は部屋の戸口を見た。沙紀はたおやかな笑みを浮かべたまま、そっと引き戸を完全に閉める。

そのとたん、部屋の中は真っ暗になった。

「すみません。ほんとに」

永太は小声で、もう一度沙紀に謝った。

部屋にはかすかに、甘ったるい芳香が残っている。沙紀の残り香だと思った永太は、つい深々とアロマを肺の中いっぱいに吸いこんだ。

またしても、股間がキュンとした。

4

（いつ始まるんだ）

明かりの消された和室。

布団の上をあちらに転がり、こちらに転がりしながら、永太は眠れない時間を過ごした。

沙紀が部屋を辞してから、そろそろ一時間になろうとしている。

脳裏によみがえるのは、泥酔した夫が思わぬ珍客を連れてきたことを知らされつつも、いやな顔ひとつせず歓迎してくれた沙紀の笑顔だった。

正直、迷惑以外のなにものでもなかったろう。しかも彼は、帰ろうと思えばすぐそこにある自分の家に帰れる人間なのだ。

しかし、緑川は「今夜は家に泊めるぞ。そう、約束したんだ。なあ、羽村」とわがままを言って永太を家に入れた。夫も永太も酔っているのだからしかたがないと、沙紀は思ってくれたのだったか。

困惑しつつも「はいはい。わかりましたから」と夫に応じ、恐縮する永太には終始笑顔で、寝るための段取りをととのえた。

そこそこ酔ったふりをしなければならなかったため、まともに礼を言うこともできなかったが、永太は心中で平身低頭しつづけた。

癒やし系の顔立ちやセクシーな体つきだけでなく、気だてもやはり悪くないことを、あらためて思い知らされた気になった。

（緑川さん）

ことここにいたる緑川とのやりとりを、永太はもう一度脳裏によみがえらせる。あんな素敵な奥さんに極悪なことをしようとするだなんて、やはりあの人はどうかしていると思わざるをえなかった……。

――いや、でも、やっぱりそんなことできませんよ。

衣里とセックスをするための協力をしてくれたら、お礼に妻を抱かせてやる――それが緑川の依頼だった。

だがさすがに永太も、そんな頼みに気やすく協力などできはしない。なにより衣里は、緑川が思っている以上に永太にとって特別な少女なのである。

いっしょに暮らす義理の父が、永太の意識する美少女によこしまな思いを抱いていると知り、むしろパニックにすらなっていた。

しかしまさかそうとは知らない緑川は、なかなか首を縦にふらない永太を必死に説得しようとした。

そしてそうした中で口にしたのが、こんな言葉だったのだ。

――羽村、おまえな、一度沙紀を抱いたら、もう間違いなく虜《とりこ》になるぞ。どうしてかわかるか。

わかるかと言われても、もちろんわかるはずなどない。正直に答えると、なんと緑川はこう言った。

――よし、わかった。論より証拠だ。今夜それを見せてやる。ちょうど衣里もいないしな。おまえ、今夜はうちに泊まれ。

もちろん、永太は拒絶した。だが、緑川もあきらめない。

とにかく一度見てみろ。これも人生勉強だなどとわけのわからないことを言い、どうしても家に泊めようとした。

そんな緑川の執拗《しつよう》さと熱意に、最後は永太が折れた。

こうして彼は緑川とふたりして泥酔者をよそおい、なかば捨て鉢な気持ちになって、この家に押しかけてきたのである。

「ああン……」

(えっ)

時間を持てあまし、いろいろと思いだしているときだった。とつぜんくぐもった声で、艶めかしい声が聞こえてくる。

(は、始まったのか)

永太はたまらず、バクンと心臓を拍動させた。はじかれたように起きあがり、全身を耳にする。

「だめ……あなた……だめってば……ハアァァン……」

（――っ。沙紀さん）

空耳ではなかった。

間違いなく淫らな声が、夫婦の寝室からもれている。官能的な声をあげている女が誰なのかは、考えるまでもない。

一気に緊張感が増した。

そんな彼の脳裏に、赤黒く顔を火照らせた緑川の顔がまたしてもよみがえる。酒で酔った両目をギラギラさせ、嫁で後輩を釣ろうとする彼はこう言った。

――いいか、帰ってしばらくしたら、俺は沙紀を誘う。そうしたらおまえはこっそりとのぞきに来い。沙紀には絶対にばれないようにするから。

（いよいよ来たか）

「ああ、だめ。あなた、だめってば。あああン……」

（おおお……）

いくつもの扉や壁越しにもれ伝わるエロチックな声に、じゅわんと股間が不穏にうずいた。

胸からも、炭酸水が染みわたるような、なんとも言えない感覚がひろがる。

（どうしよう）

くぐもった音でとどく熟女の声は、ポッリ、ポッリ、という感じだった。ところがときを追うごとに、切れ間は短くなり、声量も少しずつ増してくる。

ついにときが来たことは疑いようがない。今や遅しと、緑川は永太が来ることを待ちながら、ことに及んでいるはずだ。

どうする。どうすればいい。自分はいったいどうしたら——。

（ええい）

緑川の誘いを受け入れたときと同様、半分以上やけだった。薄い布団を蹴散らし、永太は闇の中に立ちあがる。

「ハアァン、ダメ、ダメダメ。んっあああぁ……」

（沙紀さん）

永太のもとにまでとどくいやらしい声は、はっきりと熟女のとまどいと悦《よろこ》びを伝えていた。

それは、耳にするだけで男を浮きたたせるあらがいがたい魔力を秘めている。

（くっ……）

なるようになれと思った。

すぐそこに、世界でいちばん気になるかわいい少女の私室がある。だが今夜の永太はこともあろうに、その母親に対して淫らな虜と化しつつあった。

（なんだかなあ）

いったいこの展開はなんだと思いつつ、大股で戸口に近づく。

そっと引き戸をすべらせた。

リビングルームに出る。

十二畳ほどのリビングも明かりは落ちていたが、すでに闇には目が慣れていた。息をひそめて目を細めれば、リビングから玄関へとまっすぐ廊下が延びている。

勝手知ったるなんとやら。

廊下には右側にふたつ、左側にふたつ扉があったが、右側は手前がトイレ、玄関側が衣里の部屋。

そして左側の手前は洗面所と浴室で、その先にあるのが夫婦の寝室だ。

「ああ、ちょっと……いや。だめ、困るわ、あなた。ああ、そんな、あああ……」

（ドキドキする）

部屋を出たことで、聞こえる声は格段に音量と迫力を増した。こうなることを前提に訪れた緑川家ではあったが、いざ始まってみると、現実に起きていることとは思えない。

そもそも日ごろからよく知る女性のこんな声を聞くことなど、ふつうに暮らしていたらそうはないはずだ。

それなのに――。

「だ、だめ。これ以上は……ああン、あなた……」

「いいじゃないか、あいつならぐっすり寝ているよ。それに今夜は衣里もいないんだ。久しぶりに……いいだろう。な」

他人が気やすく聞いてはならない秘めやかな会話が筒抜けで聞こえる。

（おおお……）

全身に鳥肌が立つ。この非日常感はただごとではない。

顔なじみの夫婦の濡れ場を出歯亀する――そんな信じられない現実に、永太は言葉にならない昂《たかぶ》りを、今ごろになって本気でおぼえだす。

見たいのか、見たくないのかと聞かれたら、もはや「見たい」としか言えなくなっていた。

もちろん心には、変わらず衣里がいる。

それなのに、それとこれとは別問題だと、せつない思いで言いわけをするスケベで情けない自分がいた。

「ああン、だめ。いや、許して。これ以上は……」

(沙紀さん)

とうとう永太は、夫婦の寝室の前まで来た。廊下をはさんだ向かいには多感な思春期の少女の部屋がある。

たしかにこれでは、そうそう夫婦の時間も持てないだろう。

そう考えると、なんだかんだと言いながら、永太は緑川の性欲の発散につきあわされているだけという気がした。

だが仮にそうであったとしても、もはや客間には戻れない。

「そうら、沙紀、んっんっ……」

「ハアアァン。いやあ、いやあ。いやだ、私ったら、すごい声……」

「沙紀、沙紀、んっんっ……」

「ああああ」

(おお、沙紀さん)

もはや沙紀は、つい先ほど永太の前で微笑んでいた彼女とは別人のようになっていた。永太の股間が甘酸っぱくしびれる。

ドアノブに伸ばした指は、気づけばわなわなとふるえていた。そっとノブをつかんだとたん、自分の指が汗にまみれていたことにもようやく気づく。

「あっ、だめ。あっあっ。あっあっ。ハアアアァ」

(たまらない)

とり乱す淫声に、しびれるような激情にかられた。ノブを強くにぎり、そっと回転させる。

ヌルッと指がすべった。

にぎりなおして、さらにノブをまわす。カチャッとラッチのはずれる感触がした。気づけば今にも、喉から胃袋がせり出してきそうである。

(沙紀さん、ああ、沙紀さん)

心で衣里の母親の名を呼びながら、ついに永太はドアをこちらに引いた。

ゆっくりと、ゆっくりと。

やがて――。

(うおおおっ!　おおおおおっ!)

細く開いたドアの向こうに、ついにとんでもない眺めが現れた。

5

「ああ、だめ、あなた、許して。あっあっ、ハアアァ……」

「はぁはぁ……久しぶりだよな、沙紀。んっんっ、したかった……ずっとずっと。ほんとはおまえとこうしたかった」

「んあぁぁ、あなた……あっあっ、そんな、だめ、あなた……ンッハアアァ……」

(おおお……すごい)

永太はドアの前でフリーズした。息すらできず、ドアの隙間から見える官能的な光景に目を見張る。

六畳ほどの寝室。

ベッドは置かれていなかった。客間と同様、床に布団が敷かれている。ただしこちらの部屋は、畳ではなくカーペットだ。

ほかにもいろいろと家具が置かれていた。さすがにベッドは置けないだろう。

(沙紀さん、ああ、いやらしい)

永太は息づまる思いで、布団の上の沙紀を見た。

こちらに尻と脚を向け、ヒップだけを高々とあげたエロチックなポーズをさらしている。

パジャマのズボンはおろか、パンティまでをも脱がされていた。

つまり、下半身まる裸。

尻の谷間までもがくっきりと、闇の中に見えている。

「おお、沙紀、濡れてきた。おまえだって、なんだかんだ言いながら寂しかっただろ。うり、うり。んっんっ……」

緑川は、そんな妻の背後にいた。両手でまるだしの臀丘をつかみ、乳でも揉《も》むようにグニグニとやっている。

大きな尻だった。

スカートやパンツ越しに何度も目にはしていたが、剝《む》きだしになるとそのボリュームははっきり言って期待以上。

実りに実った完熟の水蜜桃でも見ているようだ。

そのうえこの肉の桃は、闇の中でもぼんやりと、抜けるような白さを見せつける。

白いのは、もちろんヒップだけではない。

四つんばいのかっこうでひろげられるむちむちした脚も、夜目にも白く、艶やかな光沢を放っている。

そして、緑川はと言えば――。

……ピチャピチャ。ズルチュ。

「ハアァン、あ、あなた、困るわ、困る。そんなことされたら、私、声……声……むぶうンン……」

「おお、沙紀、はぁはぁ……」

……んぢゅ、ピチャヂュ。ぢゅるっちゅ。

「んっあぁ。ンッププウゥ」

沙紀の背後にうずくまり、股間に裂けた恥裂を夢中になって舐《な》めしゃぶる。

開かせた脚の間に陣どっていた。

尻に指を埋《うず》め、前かがみになっている。はぁはぁと息をしつつ、感じる部分にねろねろと舌を擦《こす》りつける。

「ああああ。あっアン、だめ、だめってば、あなた……ハアァン、そんなことしたら、声が出ちゃう……声えぇぇ」

(ああ、すごい)

すでに今の段階でも、あふれだす声はいつもと違ったひびきだった。おっとりとした、いつもの温和な雰囲気は微塵《みじん》もない。とまどいと興奮を露《あらわ》にし、低音のひびきを混じらせる。

「気にすんなよ、声なんて。あれだけベロンベロンなんだ。朝まで絶対起きないって。んっんっ……」

……ぢゅるぢゅ。ピチャ。ぢゅちゅ。

「ああはぁぁ、でも……でも……ああ、そんな、ひはっ、ンハアァン」

(エロい。あんなに尻をふって)

たしかに最初は本気でいやがっていただろう。

だが沙紀は、やはりとっくに火が点《つ》いてしまっていた。口ではなおもとまどいつつも、身体の本音は裏腹だ。

股のつけ根に緑川の顔をはさみこんでいた。そのままプリプリ、プリプリと、大きな尻を8の字を描いてふりたくる。

その艶めかしい動きには、確実に牝《めす》の媚《こび》めいたものがにじみだしていた。

(あっ)

永太はハッとした。ふり返った緑川と目があう。

(ううっ……)

なんともばつが悪かった。思わず身じろぎをする。すると緑川は「なにも言うな。

楽しめよ」とでも言うかのように、いやらしく微笑んだ。

「おい、しかしスケベな女だな、沙紀。どうだ、よくなってきただろう。嘘《うそ》をついてもわかるぞ」

「アァン、あなた、あなたあぁ」

「わかってる。もっともっと気持ちよくさせてやるぞ。そおら」

「うあああ」

（うおおおおっ！）

羽村、もっとすごいものを見せてやるぞと宣言をされた、そんな気がした。

ふたたび妻の尻に向きなおるや、緑川は二本の指を媚肉ににゅるりと挿入する。それだけで、ニチャッと艶めかしい音がした。

「ハアアァン、いやあ、あなた、あな――」

「そらそらそらっ」

――グチョグチョグチョ！

「あああンッぷぷぷふう」

怒濤《どとう》のピストンで、緑川は妻の肉壺をえぐりはじめる。見開いた両目をギラつかせ、鼻息を荒くしつつ唇をかんで指を抜き差しする。

「んっあああンン」

よほど気持ちがいいのだろう。

もはやそれは、耐えられないレベルなのだろう。

抽送が始まったとたん、沙紀は我を忘れた声をあげた。両手で口を押さえ、あわてそれ以上、淫らな声がもれないようにする。

ところが――。

「我慢しなくていいんだぞ、沙紀。わかってるんだ、おまえ、メチャメチャ興奮してるだろう」

――グチョグチョグチョ！　ヌチョヌチョグチョ！

「んっぷぷぷうっ。んああ、あなた、あなた、だめああンぷぷぷぷうっ」

緑川は容赦なかった。永太という内緒の観客を得たことで、さらに興が乗ったように見える。

口をおおって必死に声をこらえる妻に、欲情していることは間違いない。見ればパジャマのズボンは、布が裂けそうなほどペニスのテントを突っぱらせている。

永太はギョッとした。それは意外にたくましい一物に思えた。

（緑川さん……）

「ぷぷうっ。ああ、あなた、だめだめだめ。おかしくなっちゃう。そんなことされたら、わたじおがじぐうあうあうあああ」

（あっ）

──ブシュッ！　ブシュブシュブシュ！

永太の興味はもう一度沙紀に移った。

ついに熟女妻は、なにかが壊れたような雰囲気。身もふたもない声をあげ、くなくなと身をよじってよがりだす。

しかも、よがりかたが狂いだしただけではない。

「うああ。あぐあぐあぐあああああ」

夫にかきまわされる肉壺からは、男の射精さながらに透明な飛沫《しぶき》が噴きだしてくる。

（し、潮。ああ、沙紀さん、こんなに潮を。すごい）

「ぷはっ。おお、すげえすげえ。うっししし」

飛び散る潮は、待ちかまえる緑川の顔や身体に、シャワーさながらに襲いかかった。

責めたてる緑川は潮に濡れ、顔をそむけて口から潮を吐きだしさえする。

──グチョグチョヌチョ！　ズッチョグチョ！　ネチョグチョヌチョ！

「んっぷぷふうっ。ああ、だめだめだめええ。ああ、ぞんなにじだらぞんなにじだら、うあああ、うあああああああ」

……ビクン、ビクン。

（おお、沙紀さん）

ついに沙紀はアクメに吹っ飛んだ。はじかれたように膝を浮かせ、目の前の布団にダイブする。

肉感的な美脚を、ひろげたコンパスのように伸ばしたままである。

断続的に、身体を痙攣《けいれん》させた。

そのたび小山のような尻が、プルン、プルンと卑猥《ひわい》にふるえる。

永太は唖然《あぜん》とした。

昼間に見せる姿とのギャップがあまりに激しい。

いろいろな女性がいることはわかっているものの、これほどまでに敏感な体質の女性を見たのは、はじめてだ。

これはつまり、もしかして――。

「うっしし。な、言わんこっちゃない」

（あっ……）

永太は緑川を見た。

妻を見下ろす表情は、まさにしてやったりという感じである。

もう一度、永太をふり返った。

目があった。歯を剥きだしにしてニヤリと笑う。

おもむろに、夜着と下着を脱ぎだした。

闇の中に、緑川の裸身が露になる。

若いころ、柔道で鍛えたという身体は精悍《せいかん》さとだらしなさ——がっしり感とぶよぶよ具合が半々ほどだった。

不摂生な生活つづきでたるんでしまってはいるものの、元格闘家らしいたくましさも、やはり残っている。

股間からにょきりと反りかえる男根も、やはり見事だった。
十五、六センチはあるだろう。どす黒い巨根がバッキンバキンに勃起して、ししおどしのようにしなっていた。

6

「わかってるんだよ、沙紀」

「あああ……」

全裸になった緑川は、妻のパジャマもむしりとる。

沙紀は素っ裸にさせられた。その背中はいつの間にか汗をにじませ、淫靡《いんび》にぬめり光っている。

「ハアァン、あなたぁ……」

人妻はまだ絶頂後の痙攣を止められない。緑川はそんな妻のムチムチした脚をガニ股のかっこうにさせた。

それはなんとエロチックな光景なのだろう。

いつもたおやかな癒やし系の美妻が、つぶれたカエルさながらの卑猥な姿をさらしたまま、ヒクヒクと尻を上下させる。

緑川はそんな妻に背後からおおいかぶさった。股間の猛《たけ》りを手にとると、ワレメに亀頭を押しつけて――。

「わかってるんだぞ、うっしししし。おまえ、誰かがすぐそこにいると思うと、メチャメチャ興奮するんだろう。そらっ」

――ヌプッ！

「うあああ」

――ヌプヌプッ！　ヌプヌプヌプぅぅぅッ！

「あああ。ああああああ」

いわゆる寝バックの体位であった。緑川が肉棒を一気呵成《いっきかせい》に挿入するや、沙紀はたまりかねた淫声をほとばしらせる。

膝から先が二本とも、ピンと虚空に伸びた。裸足の爪先を伸ばしたまま、左右別々にユラユラと揺れる。

「そうだろ。んん？　すぐそこに羽村がいるからさ、スリル満点でどうしようもないんだろう」

……ぐぢゅる、ぬぢゅる。

「うあああ。ああ、あなた、どうしよう、どうしよう、んっぷぷぷぅぅぅっ」

緑川は腕立て伏せの体勢で腰を使いだした。しゃくる動きでカクカクと、前へうしろへと尻をふる。

「んっぷぷぷぅ。んっぷぷぷぅっ」

沙紀は狂ったように頭をふり、両手で懸命に口を押さえる。強く頭をふったため、留めていた髪がはらりとほどけた。左右の膝から先の脚が、交互にバタバタと敷き布団にたたきつけられる。

「うっししし」

「ハアァン……」

緑川は沙紀を四つんばいのかっこうにさせた。

汗みずくの女体が獣の体勢になる。永太はとうとう、なにひとつさえぎるもののない、沙紀の乳房をその目にとらえる。

（おおお……）

Hカップはあるはずのおっぱいもまた、闇の中でもぼんやりとセクシーな乳白色を見せつけた。

釣鐘さながらに伸張し、ユッサユッサと重たげに揺れる。遠目に見ても、乳首はしっかりと勃《た》っていた。乳もまた、艶めかしい汗をにじませて、しっとりといやらしく濡れている。

「おお、沙紀」

緑川は膝立ちの両脚をグッと踏んばった。妻のくびれた腰をつかみ、反動をつけてまたしても怒濤の勢いで腰をしゃくる。

……パンパン、パンパンパンパン。

「んっあああ。だめ。だめだめだめだめ。ああ、そんなことされたら……そんな……あっあっあっ……ぞんなごどざれだらあああ」

　容赦ない夫の責めに、またしても沙紀は狂っていく。羞恥ととまどいに満ちていたはずの言葉が、あえぎ声まじりの最後には、すべての音に濁点がついたような、つくろうすべもないものにエスカレートする。

（ああ、いやらしい）

　永太の全身に、甘酸っぱい電気がビリビリと流れた。彼の見守る位置からは、性器の結合部分がばっちりと見えている。

　さらによく見ようと身をかがめ、ドアを大きく開いた。沙紀がむこうを向いているのをいいことに、図々《ずうずう》しく部屋へと顔を突きだす。

（うわあ……）

　他人のセックスをナマで見るなんてはじめてのこと。それは想像していた以上に刺激的で、永太もまた、すでに股間はビンビンになっている。

　どす黒くたくましい肉棒が、小さな肉穴にずっぽりと埋まっていた。

　沙紀の膣は、夫の巨根とは反対に、かなり小ぶりに思える。

　規格はずれの剛直を受け入れるには、ちょっとばかり小さめな感じ。全方向にミチミチとひろがり、肉皮を突っぱらせて大きな男根をまる呑《の》みしている。

顔の位置をさらに低くしてのぞきこめば、やわらかそうなヴィーナスの丘も見えた。こんもりと盛りあがる肉土手を、縮れた黒い毛がひかえめな感じでいろどっている。緑川のペニスは、沙紀の肉壺を我が物顔で行ったり来たり、行ったり来たりをくり返した。

ほどなくその陰茎には、沙紀が本気でよがっているなによりの証《あかし》のように、ヨーグルトを思わせる白いすじが、いくつもいくつも付着しだす。

「おお、沙紀、気持ちいいよ。久しぶりだなあ。おまえもだろ。我慢しなくてもいいんだぞ。はぁはぁはぁ」

「んっあああ。あなだ、あなだあああ。おおう。おうおう、おおおう」

（お、おおうって……）

はいつくばる熟女のよがり声は「あ」ではなく「お」になっていた。

サディスティックさすら感じさせる夫の突きこみにあわせ、媚《こ》びたようにプリプリと大きなヒップをふりたくる。

「おおお、あなだ、聞こえぢゃう、わだじのごえ、ぜっだいぎごえぢゃううう。おおお。おおおおお」

（た、たまらない！）

もはや沙紀は、両手で口をおおうことさえ放棄して獣の悦びに身を焦がした。汗のにじんだ背すじがU字にたわんだり、もとに戻ったりをくり返す。両手でシーツをつかんだり放したりしたかと思えば、今度は爪でガリガリと目の前のシーツを狂ったようにかきむしる。

その姿は、やはり尋常ではなかった。明らかに、ふつうの女性とは次元の違ったよがりぶりである。

これはつまり、もしかして――。

永太は先ほど思ったことをもう一度思う。

これは……つまり、もしかして……この人は――。

(……痴女？)

「ああ、あなだ、あなだああ、おおおおお」

「大丈夫だ。あいつならぐっすり寝ているから。とにかく今夜は飲んだからな。けど聞かれてしまうと思うと、けっこう興奮するだろう。俺も同じだよ、沙紀」

緑川はしゃくる動きで腰をふる。バツン、バツンと白いヒップに股間をたたきつけながら、ささやき声で話しかける。

「うあああ。ああ、あなだああ、感じぢゃう。ごんなごどざれだらどうじだっで、どうじだっで、うあああぁ、おおおおお」

そんな夫の言葉に、いつもとは別人のような壊れた声で答えつつ、沙紀は——内緒の素顔を見せたいやらしい痴女は、狂ったように波打つ髪をふり乱した。

裸身から噴きだす汗は、さらにその量を増している。まるで、バケツの水でも浴びせかけられたかのようだ。

最前までよりさらにビッショリと濡れそぼり、闇の中でも淫靡に裸身を光らせる。身体そのものも、いつもとは色合いが変わっていた。

たとえて言うなら、まさに湯あがりかなにかのよう。なんともエロチックな薄桃色に火照り、気づけば全身から湯気さえあげている。

「あおおう。おうおうおおう」

「興奮するか、沙紀。はぁはぁはぁ」

いよいよ最後の瞬間が迫ってきた。

緑川は妻の腰をつかみなおす。さらに激しい腰遣いで、バツバツと肉棒をぬめるワレメにえぐりこむ。

「うあああ。あなだああ、ぎもぢいい、ぎもぢいい。ごんなのぜっだいおがじぐなる、おがじぐなっぢゃうう。おおおおお」

「おお、沙紀」

「イッぢゃう、あなだ、もうイッぢゃう、イッぢゃう、おおおお」

「沙紀、沙紀沙紀沙紀沙紀」

――パンパンパン！　パンパンパンパンパン！

「おおお。おおおおお」

狂乱するふたりは、いよいよラストスパートに入った。緑川は滑稽なまでに腰をふり、爆発寸前の牡茎を沙紀のポルチオにたたきこむ。

それに応じるかのように、我を忘れた吠《ほ》え声が深夜の寝室に艶めかしくとどろく。

（こっちまでおかしくなりそうだ）

永太はペニスをうずかせ、夫婦の淫らな行為を夢中になって凝視した。パジャマの股間を突きあげる怒張は、今にも布を突きやぶらんばかりになっている。

緑川の切迫した吐息に、性器の結合部分からひびく、グチョグチョ、ヌチョヌチョという猥褻《わいせつ》な汁音がかさなった。

それらすべてを一蹴するような激しさで、獣と化した人妻の凄艶なよがり声が寝室の大気をふるわせる。

「おおお、ぎもぢいい、ぎもぢいい。あなだ、イッぢゃう、もうイッぢゃう。イッぢゃうイッぢゃうイッぢゃう。おおおおお」

「おお、沙紀、イクぞ。うおおおおっ！」

「うおおおっ。おっおおおおおっ!!」

――どぴゅどぴゅどぴゅ！　びゅるる！　どぴゅ、びゅる、ぶぴぴぴっ！

（ああ、すごい）

永太は息をすることすら忘れ、目の前の熱っぽい眺めに見入った。射精の瞬間、緑川は妻の膣からペニスを抜き、急いでその場に立ちあがっていた。

中腰になり、手を添えた極太を熟女のヒップに向ける。亀頭の先から、水鉄砲の勢いで濃厚なザーメンが噴きだした。

とろけた糊《のり》さながらの精液が、ビチャビチャと湿った音を立て、まんまるな尻を何度もたたく。

「あっ……はう、ハアァン、いやあ……あああ……」

高々と尻を突きあげ、ヒップで夫のザーメン弾を受けとめた。だがやはり、その体位を維持するのもとっくに限界だったようだ。

沙紀はゆっくりと、ふたたび布団にくずおれていく。生殖行為のあとの虚脱感に、荒い息とともにぐったりとした。

「はぁはぁ。はぁはぁはぁはぁ」

「はうう……あなた……すごかった……聞こえなかったわよね……ハアァン……」

敷き布団に突っ伏し、またもビクビクと汗まみれの裸身を痙攣させながら、沙紀は夫に聞いた。

アクメに突きぬけ、ようやく少しずつ理性をとり戻してきたようだ。

「平気さ。安心しろ……はぁはぁはぁ……」

ようやく緑川は、妻の尻や太腿に精液をぶちまけ終えた。彼もまた布団に尻をつき、激しい行為の余韻に、疲労困憊《ひろうこんぱい》の様子で耽溺《たんでき》する。

(あっ……)

こちらをふり向いた。緑川と視線が交錯する。

ニヤリと歯を見せ、緑川が笑った。

永太は勃起したままの猛りを持てあましながら、そんな彼の笑みに、どう反応したものかとまどった。

第二章　生娘痴女の願い

1

（しかし、いったいどうなっちゃったんだ、俺の人生……）

同じことを、何度思ったかしれなかった。

だがそれでも、今夜も同じように、永太は思う。自分の人生、なんだか変なことになってきたぞと。

「羽村さん、どうぞ」

（あっ……）

ぼんやりしていると、とつぜん声をかけられた。

ハッとして横を見る。

その女性はビール瓶を両手に持ち、永太がグラスを持つのを待っていた。

「あ、ありがとう」

永太はあわててグラスをとる。

ぬるくなっていたビールをひと息にあおった。

「おい、佐々木《ささき》、いくつだ、おまえ」

そんな女性と永太のやりとりを、対面の席から見ていた緑川が言った。

佐々木とは、永太に酌をする女性の苗字《みようじ》だ。

佐々木真帆《まほ》。この春入社したばかりの、高卒の新入社員である。

「十八です」

すると、永太のグラスに並々とビールを注ぎながら真帆は言った。

「だよなあ」

徳利の酒を手酌で猪口に入れ、緑川はぐいっとあおる。

「あ、すみません」

すると真帆は、恐縮したように緑川に謝罪した。どうやら酌をしてやれなかったことに恐縮しているようである。

「いいっていいって。て言うかさ、佐々木、そんなことしなくていいんだぜ。なあ、羽村」

「え、ええ。うん、ほんとに」

永太もうなずき、かたわらに座る真帆を見た。

緑川とふたりで行くときは、まず選ばないような洋風の飲み屋。しゃれた雰囲気でおいしいものも充実しているため、酒が飲めなくても楽しめるはずだというのが緑川の判断だった。

会社が終わったあと、真帆を誘って三人で来ている。

だがことここにいたるまで、永太と緑川の間でとんでもない会話がかわされていたことなど、真帆が知るはずもなかった。

「けど……」

白魚のような指にビール瓶を持ったまま、真帆はとまどったようにうつむく。

「もしかして」

そんな真帆に、緑川が聞いた。

「歳の離れた上司や先輩とこういう店に行くんだけど、どうしたらいいのかとか、パパやママに聞いたりしたのか」

「あ……」

どうやら図星のようだ。ますます困惑した顔つきになり、真帆はうなだれて銀縁眼鏡の位置を直す。

おどおどした横顔は、日ごろのクールな彼女にも似合わない。たとえるなら、小動物のようだった。

入社以来、職場ではいつも寡黙な女性。歳にも似合わない大人っぽい娘だと評判だった。

なかなかの才媛で、仕事はテキパキとよくできる。だが、なにを考えているのか今ひとつよくわからないというのがいっしょに働く社員たちの共通認識で、たしかに永太もそんなふうに思っていた。

いずれにしても、まじめで万事おとなしそうな十八歳であることは間違いない。

ところがただひとり、そんな真帆にとんでもない評価をくだす男がいた。

緑川だ。

——断言してもいいぞ、羽村。俺はこういう嗅覚は動物並みなんだ。

ふたりきりの場で、彼は永太に断言した。

——佐々木だっけ、あの女もたぶん痴女だぞ。

そう。緑川は、はっきりとそう言ったのである。

――悪いけど俺、最初の女房も痴女だったし、沙紀も痴女。ずっと痴女と暮らしてきた男なんだ。そんな俺が言うんだから間違いない。佐々木もまず痴女だな。

どうしてそんな話になったのかは、おいおい話すとしよう。

ここはひとまず、真帆と緑川とのやりとりに戻る。

「いくつぐらいだ、ご両親」

猪口をクイッとかたむけ、緑川が聞いた。

「あっ……えっと……」

眼鏡の奥の目を何度もパチクリとさせ、考えてから真帆が答える。

「父が五十五、母がひとつ下なので五十四です。あ、私、七歳違いの兄がいるんで」

「なるほど。てことは、まさに昭和企業戦士。ジャパニーズ・ビジネスマン世代だな。二十四時間戦えますかってやつだ」

「はっ」

「いや、ひとりごとだ。とにかくな、佐々木、酌なんてしなくていい。親父《おやじ》さんになにを言われたか知らんが、少なくともうちの会社ではそんな気を使う必要はない。まあ、個人的にしたいと言うのなら、それはそれで強制できないけどな」

「あ……」

緑川に言われ、真帆は息を呑んだ。緑川はそんな真帆を見て、ニンマリと口角をつりあげる。真帆はあわてた様子で、ビール瓶をテーブルに戻した。居心地悪そうに座りなおし、烏龍茶《ウーロンちゃ》のグラスを口もとに運ぶ。

（は。顔……赤くなった？）

なぜだかほんのりと、ピチピチした頬を朱色に紅潮させている。

いつも寡黙でクールな女性の意外な姿をまのあたりにし、永太は、どうしたんだいきなりと、落ちつかない気持ちになった。

だが、よく考えたらこの娘は、ついこの間まで女子高生だったのだ。

紺のスーツによそおっているため、大人びて見えるものの、それはこちらの先入観で、まだまだウブな娘なのだろう。

すらりと通った鼻すじ、美麗な二重の目。

理知的なものを感じさせるたたずまいの持ち主は、すらりと細身でスタイル抜群でもあった。

特に、タイトなスカートの裾から伸びる長い脚の美しさは特筆ものである。

ショートの黒髪に眼鏡というのは、たしかに見方によっては野暮ったくもなる。だが不思議に真帆がそうすると、できる女ふうにも見え、決して彼女が持つ魅力をそこなってはいない。

もっと年齢をかさねたら、どんないい女になるのだろうとつい夢想したくなる、そんな女性が佐々木真帆という娘だ。

(こんな娘が痴女って)

緑川の言葉を思いだし、永太は心中で「いやいやいや」とかぶりをふった。

さすがに今回ばかりは、緑川の勘違いではあるまいか。なにを根拠にして言っているのか永太には皆目わからないが、そもそも緑川の見たては、否定したいことばかりである。

(そうだよ。佐々木さんだけじゃない。よりによって衣里ちゃんのことまで)

緑川の言葉を思いだし、永太は心でかぶりをふった。

緑川に言わせると、衣里も間違いなく痴女なのだと言う。

そんなばかなと、思わざるをえなかった。

あの可憐で清楚な娘のどこをどう判断すれば、痴女だなどということが言えるのであろう。

(ありえないよ……)

永太は緑川、真帆と、にぎやかな店内でふたたび他愛もない雑談をしながら、心中でぼんやりと緑川との会話を思いだした……。


——どうして衣里とヤリたいかって？

素朴な疑問を呈する永太に、緑川は言った。

——決まってるだろう。あいつも絶対、痴女なんだ。つまり今なら、痴女で処女。そんな国宝級の女がそばにいるんだぞ。しかも美人だろう、あいつ。ヤリたくないほうがおかしいじゃねえか。

永太とふたりきりの場で、緑川はそう主張した。

どうしてそんなに衣里ちゃんにこだわるんですかという、永太の問いに答えたものだった。

「そんなばかな。痴女、衣里ちゃんがまさか」

永太は反射的に、そう反駁《はんばく》した。

だが、緑川もゆずらない。

「なんだなんだ。俺が嘘をついてるって言うのか」

「いや、嘘っていうか——」

「女房がみんな痴女だったからわかるんだ。衣里もあれは絶対に痴女。俺はな、鼻がきくようになったんだ。痴女ならすぐわかる」

「いや、でも」

「そうだな。会社の女で言えば……」

頼んでもいないのに、緑川はそう言った。天を仰ぎ、考えごとにふける。

「佐々木」

「……は？」

「佐々木、眼鏡の」

「……えっ！」

「………」

「佐々木さん……いやいやいやいやいや」

それはないでしょと、衣里のときと同様、すぐさま永太は否定にかかろうとした。

目の前でヒラヒラと片手をふり、思わず苦笑する。

頭の中には、十八歳の娘の硬い顔つきが思い浮かんだ。

ありえない。衣里もそうだが、まずそんなことはありえない。ところが緑川は、またしても頑強だ。

「いやいやいやいやじゃねえ。マジだって」

「そんな。佐々木さんってあの佐々木さんでしょ。いくらなんでもそれは――」

「ばか、あれは間違いなく痴女。もちろん、自分でも完全には気づいてないけどな」

「いやあ……」

「嘘じゃねえって」

こんなことで白熱してどうするという思いはあるものの、ふたりは誰にも聞かせられない話題で熱くなった。

そもそもなにゆえ、こんな会話になったのか――。

それは、永太が緑川にあらためて意志を問われ、やはり沙紀とセックスなどできないと、彼の誘いを拒んだからだった。

緑川の自宅に泊めてもらい、彼と沙紀の熱っぽいセックスを鑑賞してしまった翌日のことだ。

――ばかだな、おまえは。

話に乗ろうとしない永太に、あきれた様子で緑川は言った。

――痴女とエッチができるんだぞ。どうしておまえは痴女のよさがわからない。一度セックスをしたら病みつきになるぞ。見ただろう、沙紀の本当の顔を。

口角泡を飛ばして緑川は言い、なおも自分の妻を人身御供に差しだそうとした。

沙紀を抱けと、どこまでも意を通そうとする緑川と、ドン引きぎみにひるむ永太。

そんなふたりのやりとりの中で、このような会話へと自然になだれこんだのだ。

「じゃあ、こうしよう！」

よし、決めたとばかりに緑川が言った。

きょとんとする永太をギロリと見る。おもむろに彼は、こうつづけた。

「佐々木との仲をとりもってやったら、衣里の件、協力してくれるか」

「――はあ!? いやいや、緑川さん、ちょっと待って――」

「そうか、熟女よりピチピチか。そっちが趣味だったか。なるほど、おまえロリコンか。んん？」

「ち、違いますって。俺は――」

「そうかそうか、ロリがよかったか。んん？」

「緑川――」

「んん？ んんん？」

「ああ……」

そんななりゆきで、気づけばこんなことになってしまった。

俺にまかせろと、緑川が勝手にその気になっても、世の中そんなにうまくいくはずがない。

いくら緑川が必死になってお膳立てをしようとしたところで、真帆に断られたらそこまでの話ではないかと、完璧にタカをくっていた。

ところがどんなふうに誘ったものか、真帆は定時後、三人で食事をすることに同意して、彼らといっしょにここに来た。

永太は意外としか言いようのない展開に、狐《きつね》につままれたような気持ちになりながら、はじめて職場を離れたところで真帆と話をしていたのである。

(悪い子ではなさそうだな)

緑川に水を向けられ、両親のことや兄のこと、自分の私生活のことなどをあれこれと話す真帆に、永太は好感を抱いた。

職場ではあまり笑わず、堅物っぽい感じが強い娘だった。だがこうして話をしてみると、そこまで四角四面というわけでもなさそうだ。

「なるほどなるほど……おっとまずい。俺さ、これから約束があったんだよ」

すると、とつぜん緑川が帰る準備をはじめた。

腕時計をたしかめ、あわてた様子でわたわたとしはじめる。

「えっ……」

「ちょ……緑川さん……」

真帆も驚いたようだが、永太もびっくりした。

「わりいわりい。あとはふたりでやってくれ」

「ちょ、ちょちょ、ちょっと待ってください、緑川さん」

永太は立ちあがり、慌てて引きとめる。

そもそも緑川の強引さに負けてこんな展開になってしまったが、あとはよろしくなどと言われても、どうしたらよいのかわからない。

ふたりきりになどされてしまったら、確実に会話なんてつづかない。

「…………」

(えっ)

すると緑川は、真帆にはわからない角度で永太にウインクをする。表情には「大丈夫だ。がんばれ」と言っているような気配があった。

(そんな)

途方にくれたが、緑川が翻意する様子はない。多めの札をテーブルに置くと、啞然とするふたりに手を挙げて、逃げるように去っていく。

（どうするんだよ）

ありがとうございましたというスタッフの声に送られ、緑川は店を出ていく。永太はそんな彼の背中を目で追った。

（ええい）

緑川の姿が消えるや、永太は自分に発破をかける。

子供ではないのだ。緑川がいなくなった以上、自分がしきらなければ真帆だって困るだろう。

「ま、まったく……マイペースな人だな、あはは」

永太は作り笑いとともに、グラスを持って席を変えた。今まで緑川が座っていた椅子に移動し、やれやれというようにかぶりをふって座る。

「は、はい……でも……」

真帆はモジモジした様子でうつむいた。

「……うん？　なに」

永太は眉をひそめ、新入社員に先をうながす。

「ちょうどよかったです」

「……は？」

「だって……」

きょとんとして真帆を見ると、眼鏡の十八歳は落ちつかない様子で何度も座りなおし、眼鏡の位置をととのえた。

「ちょっと……羽村さんに相談したいこともありましたし」

「え、俺に」

「はい」

「な、なに」

ぎくしゃくした様子の後輩に、永太は水を向けた。

「…………」

真帆は、上目づかいにこちらを見る。

もう一度うつむくと長いこと躊躇《ちゅうちょ》し、やがてようやく顔をあげた。

2

「ごめんね、ちょっと遅くなっちゃたかな」

最寄り駅へといっしょになって歩きながら、かたわらの真帆に謝った。

「い、いえ、大丈夫です」

紺のスーツ姿の真帆は片手に鞄《かばん》を持ち、ヒールの音をひびかせて夜道を歩く。

緑川が知っていた洋風の飲み屋は、永太たちが勤務する会社とは駅の反対側、しかも駅から離れた場所にあった。

駅の近くには、ラブホテル街がある。最短距離で駅へと向かうには、どうしてもそこを通る必要があった。

あやしげなネオンサインの点《とも》る建物の並びを、ふたりしてぎくしゃくと歩く。もちろん永太は、色っぽい展開など微塵も期待していない。

緑川には悪いけれど、やはり真帆と自分には縁などできようはずもないことが、すでにわかっていた。

(しかしそんな悩みを持ちながら、毎日淡々と働いていたとはな)

気をきかせ、夜道であれこれと話題をふって真帆と会話をしながら、永太はぼんやりと心で思った。

真帆から受けた相談の内容を思いだしてのことである。

真帆は別れてしまった恋人について、永太に相談を持ちかけてきた。

なんと彼女は高校時代、学校にいた年若い男性教師と恋仲になってしまったというのである。

教師の年齢は三十歳。永太と同世代だ。

教師は独身で、決して女生徒たちからキャーキャー言われるような存在ではなかったが、真帆は彼のことを好きになったという。

ふたりは誰にも内緒で交際をはじめ、教師は真帆にさらに夢中になった。

彼女が卒業して社会人になったら、絶対に結婚しようと誓いあいさえしたという。

もちろん彼は聖職者の身でもあり、現役の女子高生と軽々しく愛の行為に突入するようなまねはしなかった。

卒業するまでそれもおあずけだと、自分に言い聞かせるかのように何度も真帆に言ったという。

だが、真帆がそれまで待てなかった。

一度でいいから抱いてもらいたいと、あらん限りの勇気をふりしぼってこちらから誘い、ついに念願のときを迎えたことがあったという。

ところが、その日を境にふたりはうまくいかなくなった。

なぜか。真帆は教師にこんなことを言ってしまったのだ。

——私、やっぱりセックスなんてしたくない。こんなこと、好きでもなんでもないってわかりました。先生とだって絶対にいやです。

男性教師は傷ついた。

そして結局、真帆のその言葉がきっかけとなってふたりの関係はこじれ、やがて崩壊へといたった。

仲のよかった友人たちにすら内緒にしてはぐくんだ真帆の愛は、あえなくついえてしまったのである。

真帆はそのことを、今でも気にかけていた。

教師と別れたのは高校三年時の夏だったというが、以来ずっと、真帆はそんなせつない過去にとらわれながら、卒業、就職という人生のイベントを黙々とこなしてきたのである。

——羽村さん、男と女って、どうしてもあんなこと、しなくちゃいけないものなんですか。

ふたりきりになった飲み屋。真剣な表情で、真帆は永太に聞いた。

眼鏡の奥からのぞく、すがるような目つきには「あんな思いはもうたくさん」というせつない感情が見えた気がした。

(いずれにしても、緑川さん、やっぱり見たて違いだったみたいですよ)

真帆に「そんなことはない。愛の行為は誰かに強制されてやるものじゃない。自分でいやだと思ったら、それでいいと思うよ」と答えた自分を思いだしつつ、永太は心で緑川に呼びかけた。

痴女どころの騒ぎではない。このような娘を緑川は、どうしてそんなふうに思ったのだろう。

「……ん。どうしたの」

ふと隣を見た永太は、真帆がいないことに気づいた。

ふり返ると数歩離れたところで、じっとうつむいている。

「……ううっ」

「ど、どうした、佐々木さん」

わけがわからず、真帆に近づいた。だが真帆はうなだれたまま、なにか言いたげにモジモジするばかりだ。

「えっと……佐々木──」

「じつは」

困ったなと思いつつ、もう一度言葉をかけようとしたそのときだ。思いつめた顔つきで、ようやく真帆が顔をあげる。

（えっ）

永太はハッとした。今にも泣きそうな顔つきだ。小刻みに、細い肢体がふるえている。ありったけの勇気をふりしぼろうとしているように見えた。

やがて真帆は、やっとのことで口を開く。

「じつは、まだあるんです」

「……えっ」

聞きかえすと、真帆は一歩、永太に近づいた。

「羽村さんに聞きたかったこと、まだあるんです」

3

「はうう……羽村、さん……んっんっ……」

「くうぅ、佐々木さん……いいのかな、こんなことして……んっ……」

……チュウチュパ、ピチャ。

「んっあぁ……い、いいんです……して、ください……でも、絶対誰にも……んっんっ……内緒……」

「わ、わかってる……んっんっ……そんなことは、言われなくてもわかってるけど」

「あああ……」

……ピチャピチャピチャ。

しかしこれは、いったいどういうことなのだ——ことここにいたっても、永太は夢見心地である。

棚からぼた餅《もち》とはまさにこのこと。だがあまりに話がおいしくて、だまされているのではないかとすら疑いたくなる。

だが、だまされていると言っても、いったい誰に……。

(この娘がだましているとは思えない)

真帆にキスをしながら、永太は薄目を開け、至近距離で真帆を見た。

通りかかったラブホテルの一軒、その一室である。部屋の中は深海のように、ブルーの薄暗い明かりだけであった。

ほとんどを、大きなベッドが占拠している。

一隅には意外に広いバスルームがあり、たった今ふたりは交替で、身体を清め終えたところだった。

薄暗い室内の大きなベッドに、ふたりはいた。横たわり、身体をかさねてキスをしている。

永太は股間に白いバスタオル。真帆はまるい肩と細い腕だけを出し、同じバスタオルで全身をおおっていた。

──羽村さん、男の人ってセックスのとき、女性になにを求めているんですか。

それが、ついさっき真帆から聞かれた次の質問だった。返事に窮してとまどうと、さらに真帆はこう言った。

──あの……あのあの……エ、エッチな女って……やっぱり男の人は、軽蔑するものですか。

どうしてそんなことを聞くのかと、永太は真帆にたずねた。

すると真帆は、それへの返事のようにして、いきなり闇の奥へと永太を引っぱり、自ら彼に抱きついてきたのである。

真帆は言った。

──わからない。自分でもわからないんです。でも……でも……私、今でも先生が好き。嫌われたくないから……こんなことになっちゃってるんです。

そしてその結果、永太はこうしてここにいる。

自分が、大好きな男性教師とつきあえる資格のある女かどうか教えてもらえないかという、世にも奇天烈なこの娘の願いをかなえるために。

(よくわからないけど、どっちにしてももう俺、限界だ)

理性的になろうとしても、もはやそれは無理というもの。なにしろつい数カ月前まで女子高生だった娘が、全裸にバスタオル一枚を巻きつけただけの姿で、身体を密着させているのだ。

しかももうすでに、とろけるような甘いキスを、先ほどからふたりはチュッチュとかさねていた。

股間の一物は、すでにバッキンバキンである。バスタオルを力強く押しあげて、タオルごと真帆の太腿に食いこんでいた。

ここまで来たら、据え膳食わぬはなんとやら。

いまだに真帆の真意はわからないものの、理性も道徳も、もはや永太には意味をなさなくなっている。

キスの前戯はもう十分。そう思った。

ぽってりと肉厚な朱唇と口をかさねるたび、甘酸っぱいうずきが股間に湧いた。

そのたび淫らな欲望がムクムクと湧きあがり、次の行動に移りたくてたまらなくなってくる。

真帆も同じ気持ちでいるはずだと確信していた。それを証拠に眼鏡の奥の真帆の目は、とろんとしはじめている。

まずは首すじへのキスで責めるとしよう。

「アァァン……」

永太は真帆から口を放した。ふたりの唇の間に、ねばつく唾液の橋がかかる。

ショートの黒髪が大きな枕にひろがっていた。ふたりの熱気に当てられて、真帆の眼鏡はレンズをくもらせている。

「佐々木さん、んっ……」

白いうなじに接吻《せっぷん》をしようとした。

すでにぼうっとなった感じの十八歳は「あっ……」というような表情のまま、なすすべもない。

ところが。

……チュッ。

「きゃあああ」

(えっ)

軽い気持ちで首すじにキスをしたとたんだった。真帆の喉から思いもよらない悲鳴があがる。

「どうした――」

「や、やっぱり……やっぱり帰ります」

「えっ」

「ごめんなさい、ごめんなさい」

真帆ははじかれたように起きあがり、ベッドから降りようとした。

バスタオルの合わせ目をしっかりと押さえ、これ以上の行為はやめてとばかりに永太に背を見せる。

「ちょ、ちょっと待って」

だがさすがに、永太は納得できなかった。ここまで来て、それはないだろうと文句のひとつも言いたくなる。

そもそもをただすなら、誘ってきたのは真帆のほうなのだ。今ひとつ、その真意こそはかりかねてはいたものの、こんなことになってしまっては「はい、さようでございますか」とはちょっと言えない。

「待って、佐々木さん」

ベッドから降ろすものかとばかりに、背後から両手をまわして抱きしめた。

「きゃああ」

「ちょ……今さらそれはないよ。人をその気にさせておいて」

「で、でも……でも、やっぱり私」

「こんなところでやめるなんて殺生だよ。んっ……」

……チュッ。

「あああああ」

（ええっ）

抗議の気持ちをこめながら、もう一度うしろから白いうなじに口を押しつける。

するとまたしても、真帆は彼女のキャラクターにも似合わない、とり乱した大声をあげた。

（えっ。えっ、えっ……ええっ）

真帆の派手な反応に驚きつつ、永太は緑川の意味深長な笑顔を思いだした。

――あれは間違いなく痴女。もちろん、自分でも完全には気づいてないけどな。

（緑川さん……）

バクバクと心臓が激しい鼓動を開始した。

本当に緑川の言うとおりなのか。

今自分が腕の中にかき抱いているこの娘は、こんなまじめそうな顔をして、まさか本当に痴女なのか。

「は、放して。放してください」

真帆はいやがり、永太の腕の中で激しくあばれた。反射的に、永太はさらに力を入れ、もがく真帆の自由を封じる。

「やっぱりやめます。お願い、帰らせてください」

「佐々木さん、それはないよ。俺の気持ちはどうなるの」

「だって……ああ……」

なんだろう、この気持ちはと、自分で自分が不思議になってくる。

必死にあばれる真帆の姿に、これまで感じたことのないサディスティックな気持ちが高まりだしてくる。

(な、なんだこれ。なんだなんだなんだ)

「謝ります。ごめんなさい。謝りますから、羽村さん、お願いです。帰らせて——」

「だめっ」

……ちゅう、ぢゅちゅっ。

「ああああ」

「おおお、す、すごい声。感じやすいんだね、佐々木さん」

緑川は間違っていなかったのだと永太は感嘆する。こんな反応をされては、いやでもそう思わざるをえなかった。

（ち、痴女。こんなまじめそうな女の子が痴女……痴女、痴女……痴女！）

永太の中でなにかがはじけた。頭の中に、獣のように吠えていたあの夜の沙紀が去来する。

この娘もまた、あのすごい女性の仲間なのか。

たしかめたい、この手で。なにがあろうとたしかめたい。

「佐々木さん」

「きゃあああ」

ついに永太は、これまで遠慮していた部分に手を伸ばした。

乳房である。背後から、バスタオル越しにまるいふくらみをどちらもわっしと荒々しくつかんだ。

いつも着ているブラウス越しに見る限りでは、そこまで豊満なおっぱいには感じられなかった。

だが意外や意外、指で鷲《わし》づかみにしたそれは、思いがけないボリュームで永太の劣情をさらにあおる。

「放して。羽村さん、お願い、放してくだ……きゃあああ」

「はぁはぁ……感じるんだね、乳首もこんなに」

スリッと指で乳首のあたりを撫《な》であげると、真帆は感電でもしたように痙攣しながら、またも艶めかしい悲鳴をあげた。

永太は感じる。

自分の身体に不穏な情欲がみなぎるのを。五臓六腑《ごぞうろっぷ》が熱く焼け、身体の奥から衝《つ》きあげられるように、どす黒い激情が湧きあがってくるのを。

「羽村さん、放して」

「感じるんだね、乳首も」

「違います、違います」

「違わないじゃない」

……スリッ。

「きゃあああ」

……ビクン、ビクン。

（ああ、すごい）

いやがる乙女に有無を言わせず、またしても指で乳首をこすった。

真帆は自分を偽れない。永太の責めに反応し、さらにビクビクと細身の身体をふるわせる。

(こいつはたまらん)

緑川の慧眼《けいがん》におそれいりながら、永太はますます鼻息を荒くした。責めへの敏感な反応をまのあたりにすれば、どうしたって期待と興奮をあおられる。

4

「ああ、佐々木さん」

「きゃあああ」

女性に対し、ここまで欲望を露にしたことはかつてなかった。獰猛《どうもう》な力でスレンダーな女体をふたたびベッドに横たわらせる。

しかも――。

「あああ、いや、返して。いやあああ」

「おおお……」

真帆からバスタオルをむしりとった。

風呂あがりのみずみずしい裸身が、ブルーの薄闇にまるだしになる。清潔さを感じさせるボディソープのアロマに、ふわりと鼻面を撫でられる。

やはりスタイル抜群の娘である。

手も脚もすらりと長く、それぞれじつに形もいい。細身の裸身はキュッと締まり、無駄な肉などどこにもなかった。

おっぱいは、Eカップぐらいはあるのではないか。意外に豊満な乳房は、トップバストが八十五センチぐらいはあるように見える。

小さめな乳輪が乳の頂《いただき》をいろどっていた。

正確な色合いはわからない。

だがたぶん鳶色《とびいろ》ではないかと永太は思った。

乳輪が小さいせいだろうか、そのぶん乳首は大ぶりに見え、乳輪とのアンバランスさがいやらしい。

そしてどうだ、この腰のくびれ具合は。

えぐれるような、とはまさにこのこと。

腋窩《えきか》からなだらかに下降するボディラインが、腰のあたりで一気に細まり、コーラのボトルのようなくびれを見せている。

腹の肉も薄かった。

あえぐように盛りあがったり、もとに戻ったりする腹にあわせ、かわいい臍《へそ》がせわしなく位置を変える。

「おお、佐々木さん、エロい」

「ああン、いやぁ……」

永太の視線は、ついに究極の部分にそそがれた。臍からさらに視線を移せば、股のつけ根にもやつく淡い茂みがある。

陰毛は、とてもはかなげなたたずまい。繁茂の面積も小さければ、縮れ毛の生えかたにも上品さを感じさせるものがある。

「もうだめだ、佐々木さん」

訴えるように、永太は言った。

「あああ、羽村さん――」

「もうだめ、こんな裸を見ちゃったら、もう俺……俺！」

「きゃあああ」

焦げつくような劣情に、身も心もさいなまれた。

いやがられることは百も承知。ばたつく両脚をすくいあげる。そのまま白い脚を左右に開き、身もふたもないガニ股姿を強要した。

（ああ、見えた）

そのとたん、これまで隠れていた卑猥なワレメがくっきりとさらされる。

淡い秘毛の茂みの下。

困ったように肉厚のビラビラが閉じてふるえている。ラビアは左右二枚とも、いやらしく波打って、縁の太さが場所によって違う。

「いやあ、羽村さん、こんなかっこ、恥ずかしい。はなして、はなしてぇ……」

とうとう目にした乙女の女陰に、永太は矢も盾もたまらなくなった。まさにオアシスを見つけた旅人さながら。白い内腿にギリギリと指を食いこませる。

「ハアァン」

「おおお、佐々木さん」

いやがる両脚をさらに大胆なガニ股にさせた。息すらできずにむしゃぶりつき、すぼめた口をビラビラのあわいに突きたてる。

……ピチャ。

「あああああ」

（うおお……）

真帆の反応はすさまじかった。

電極でも押しつけられたかのように、派手に裸身をバウンドさせる。しかもほとばしる淫声は「あ」という文字の、すべてに濁音がついたかのようだ。

どこかで聞いたことがあった。すぐに思いだす。あの晩の、沙紀のよがり吠えがまさにこれだった。

「ああ、いや、やめて、やめてください……羽村さ――」

「佐々木さん、ああ、佐々木さん」

……れろん。

「きゃあああああ」

「感じて。いっぱい感じて。メチャメチャ感じているんでしょ。んっんっ……」

……れろれろ、ピチャ。れろん、ピチャピチャ。

「うあああああ。ああ、いや、なにこれ。恥ずかしい、恥ずかしい。あああああ」

「はぁはぁ。はぁはぁはぁ」

ついに永太は、真帆へのクンニリングスを本格化させた。あばれる女体を力まかせに押さえつけ、抵抗を封じる。

体重を乗せてプレスをし、いやがってふりたくられる股のつけ根にかぶりついては舌を躍らせる。

……ピチャピチャ、れろん、れろれろ。

「あああ。ああああああ」

（す、すごい）

濁音のついた「あ」の音で、真帆はおぼえる快感を、あられもなくブルーの闇にほとばしらせた。日ごろのおとなしい姿からは、およそ想像もできない激しさといやらしさだ。

しかも、舌でこじ開ける妖しい肉花は思いのほか生々しい。

肉厚のビラビラを左右に分けると、ぬめる粘膜の園がぱっくりと開いた。

ワレメは小ぶりな蓮《はす》の花を思わせる。正確な色合いはわからないが、淡いピンク色ではあるまいか。そんな粘膜がねっとりと濡れそぼり、膣穴のあたりがヒクヒクとさかんに開口と収縮をくり返す。

「はぁはぁ。感じていいんだよ、佐々木さん。ねえ、気持ちいいでしょ、ここ」

そう言うと、永太はばたつく両脚をなおも押さえつけ、膣穴のとば口に舌を押しつけた。

「あああ。だめえええ」

……れろれろれろ。ピチャピチャ、ねろん。

「あああ。いやあ、だめなの。羽村さん、やめてください」

「やめないよ。やめるもんか。んっんっ……」

「うあああああ」

いやがられればいやがられるほど、もっと責めたてたいという欲望がつのった。

永太はいつにない横暴さで乙女の抵抗を封じ、まるだしの牝園にねろねろと、ざらつく舌を擦りつける。

すると——。

……ブチュブチュ。

「うおお……」

「いやああ。見ないで。見ちゃいやあ。あああああ」

とつぜん牝穴がひくついて、煮こんだ愛蜜を品のない音を立ててあふれださせた。

甘酸っぱい、柑橘系の香りがたちまちあたりにひろがる。

「だめえええ。見ないで、見ないで。いやいやいやあ」

「佐々木さん、はぁはぁ……こ、これが見ずにいられるものか。見るどころか……こんなことだってしたくなるよ」

そう言う永太の声は、思わずふるえた。

ふたたび口をすぼめるや、愛液をしぼりだしはじめた猥褻な穴に、またしてもヌチヨリと口を押しつける。

「ああぁ。いやああああ」

……ちゅうちゅう、ぢゅるる。

「うあああ。すすらないで。そんなのすすっちゃだめです。だめええ。あああああ」

「おお、佐々木さん、んっんっ……」

……ぢゅちゅぶ。ぢゅちゅ。ちゅうちゅう。

「あああああ。しびれちゃうよう。困るよう。ああああ」

(かわいい)

真帆の反応にゾクゾクするものを感じつつ、ストローですするかのようにして、乙女の膣穴を吸引した。

真帆の胎肉からは、ヨーグルトシェイクさながらの蜜の塊が、ドロッ、ドロドロッと永太の口に飛びこんでくる。

「ああ、いやああ。もうやめて。やめてよう。ああああ」

真帆はいやがりながらも、快感も強いようだ。

さかんにその身をのたうたせ、ブルンブルンと乳をふり、濁音のついた声を張りあげて、淫らな歓喜にむせぶ。

……ブチュブチュ。ニヂュチュ。ブチュ。

「あああああ」

「いやらしい。いやらしいよ、佐々木さん」

「だめえ、だめえ。うあああ」

しかも、すすってもすすっても、あとからあとから、新たな愛液は湧きでる泉のようににじみだしてくる。

真帆の女陰は、もうとろとろにとろけきっていた。まるで完熟の柿さながらのやわらかさととろみを見せつけだす。

だが――。

「お願い、やめてよう。もうやめてよう」

「佐々木さん……？」

「やめてよおおう。恥ずかしい。ほんとにこんな身体、恥ずかしいの。お願い、羽村さん。やめて。やめてええ。あああああ」

「――っ。佐々木さん、あっ……」

恥ずかしいという訴えは心からのものに思えた。

真帆の言葉にハッとして、行為を止めた間隙をつかれる。いきなり真帆は起きあがり、自分から永太に抱きついた。

「佐々木さん……」

「いじわる。羽村さんのいじわる。恥ずかしいよう」

「あ、あの……佐々木――」

「真帆って」

「えっ」

「お願い、今夜だけ、真帆って。真帆って」

「さ……ま、まま、真帆ちゃん」

動揺しながら、永太は言われるがままにした。しかし真帆は駄々っ子のように身を揺さぶる。

「呼びすてがいいです。ねえ、呼びすてに。呼びすてに」

「あの……」

「似てるんです」

「……えっ」

永太にしがみつき、彼の首すじに美貌を押しつけながら眼鏡の乙女は告白した。

「似てるんです、羽村さんって……せ、先生に。だから……だから私、自分をおさえられなくて。ねえ、羽村さん」

「わわっ」

今度は真帆に押したおされた。

勢いよく仰臥《ぎょうが》すると、全裸の娘におおいかぶさられる。

Eカップの乳が、たゆんたゆんといやらしく揺れた。乳首がつんと勃起して、サクランボのように張りつめている。

「知らなかったんです、私」

ふるえる声で、真帆は告げた。

「……は」

永太は眉をひそめる。真帆は言葉をつづけた。

「知らなかった、自分が……こんなに感じる身体だったたなんて」

「真帆……」

「おかしくないですか、私の身体。ねえ、女の子って、みんなこうなんですか。違いますよね」

（なるほど……）

ようやく真帆の苦悩の真相が見えてきた。

つまりこの娘は、自分があまりにも過敏な肉体を持っていることにショックを受け、嫌われてしまうのではないかと恐怖におののいて、自ら愛を放棄したのだ。

5

（なんてことだ）

永太は愕然《がくぜん》とした。

たしかに気持ちはわかる。わかりはするものの、そんなことでたいせつな愛を失ってしまうだなんて、それこそ不幸だと思った。

同時にあらためてこの娘を、心の底からかわいいと思う。

「真帆」

よく聞きなさいとばかりに、真帆から身体を放し、まるだしの二の腕をつかんだ。

真帆は泣いていた。涙に濡れた目でこちらを見る。肉厚の朱唇が、わなわなとふるえた。

「そんなことで、大事な人から逃げちゃだめだ」

「……羽村さん、えぐっ」

永太の言葉を聞き、真帆の両目からさらに涙があふれだす。嗚咽《おえつ》をこらえるかのように、ぐっと唇をかみしめた。

そんなしぐさが、いちいち愛らしい。タオルの下の永太のペニスは、早くも暴発寸前である。

「いいことを教えてあげる」

心からの思いを、永太は言葉にした。眼鏡の奥の目から大粒の涙をあふれさせ、鼻をすすって真帆はこちらを見る。

「男は、自分が好きになった女の人なら、その人の全部を受け入れる」

「……ほんと」

「ああ、ほんとさ」

「……ほんとにほんと」

「誓ってもいい」

「羽村さん……」

小鼻をせわしなく開閉させ、真帆はとうとう慟哭《どうこく》した。永太は、そんな真帆の小さな頭を、いい子いい子とやさしく撫でる。

「しかも、これは超極秘情報だけど」

そう言って、真帆の耳に口を押しつけた。

「アン……」

真帆はビクンとふるえ、首をすくめる。

「真帆みたいにおとなしくてかわいいのに、じつはメチャメチャエッチな女の子、きらいな男なんて絶対にいない」

「……えっ」

「嘘じゃないよ。今度、その先生に試してみな。絶対にうまくいく」

「アアァン……」

永太はスレンダーな裸身をベッドに仰臥させた。

つづいてタオルを自分の腰からとる。

——ブルルルルンッ！

青い闇に、隆々と勃起した怒張が露になった。

「……ひっ」

真帆が思わず息を呑む。目があうと、恥ずかしそうに火照った小顔をあらぬかたに向けた。

（まあ、だいたいみんなびっくりするんだけどね）

永太は苦笑し、おのが股間をチラッと見下ろす。にょきりと股間から反りかえる男根は、野性みあふれる威容をアピールしていた。

そう。

緑川も巨根だったが、じつは永太も負けていない。同じように勃起をすれば、十五センチか六センチはある。

見た目もたくましい。

たとえるなら、掘りだしたばかりのサツマイモのよう。ゴツゴツとした土くささを感じさせ、見方によっては木の根にも見える。

亀頭の張りだしかたも雄々しい。

暗紫色の肉傘が、思いきり全方向にひろがっている。

セックスをした女性の数など知れていたが、亀頭の傘が引っかかる感じがいいという感想は何度か聞いている。

「練習しておくかい、俺と」

永太は言って、上から真帆に身体をかさねた。

「あはぁ……」

十八歳の裸身はすでに体温をあげ、しっとりと汗さえにじませている。胸をあずけると、出迎えたおっぱいがふにっとひしゃげた。

乳首の勃起が永太の胸にギリギリと食いこむ。焼けるような熱さを、永太はそこに感じた。

「はうう、羽村さん……あああぁ」

おもむろに抱きつき、ふたたび首すじに吸いついた。抱きしめる両手にゆっくりと力を加え、うなじから耳へと舐める場所を変える。

……ピチャピチャ、ピチャ。

「あああ。ああああぁ」

(やっぱりすごい)

自分で責めておきながら、過敏な反応に鳥肌が立った。

たぶん、この娘は処女である。

ここまでのなりゆきを聞けば、そうとしか思えなかった。

つまりこの子もまた、処女で痴女。はたしてその「はじめて」を自分なんかが奪ってしまってよいものだろうか。

(くうぅ……)

やはり帰らせてくださいなどと言われたら、正直死ぬほどつらい。だが真帆の胸のうちを思えば、最後の選択はこの娘にまかせたい。

「練習するかい」

……ピチャピチャ、ねろねろねろ。

「うあああ、ああン、羽村さん、うあああああ」

「はぁはぁ……そ、それとも……それともやっぱり――」

「抱いて、羽村さん。抱いてください」

すると真帆は、自分からも永太を抱きかえした。

(おおお……)

せつない力をみなぎらせ、しがみつくように、甘えるように、汗をにじませた裸身を密着させる。

「真帆……いいんだね」

永太の全身に悦びがひろがった。この娘の「はじめて」をもらえるかと思うと、天にも昇る心地になる。

真帆はうんうんと何度もうなずいた。永太の首すじに小顔を埋めて言う。

「抱いて、羽村さん。練習……練習させて。ねえ、練習……れん——」

「おお、真帆」

……ヌプッ！

「あああああ」

もはや我慢も限界だ。

股間の猛りを手にとるや、永太は乙女のワレメへと挿入した。

先っぽが、ヌメヌメした胎肉に飛びこむ。

予想はしていたが、膣はかなり狭隘《きょうあい》だ。真帆は生真面目そうな美貌をゆがめ、柳眉を八の字にする。眼鏡がきしむ音がする。

「くうう、真帆……ああ、真帆っ」

……ヌプヌプヌプッ！

「あああああ、い、痛い……」

「ごめん。ごめんな。ああ、でも！」

……ヌプヌプヌプウウゥッ！

「うあああああ」

痛いと言われると、罪の意識にさいなまれた。しかし永太は心を鬼にして、根もとまで男根をぬめる膣肉に深々と埋める。

「はうう、羽村さん……」

「ごめんな、ごめんな」

哀切な声で永太を呼びつつ、真帆はさらに強くギュッとしがみつく。

そんな真帆がかわいかった。心には衣里がいるものの、今だけは、この娘に永太はぞっこんだ。

「……嫌われないんですよね、私、先生に」

「ああ、嫌われないとも。エッチな真帆が、きっと先生は大好きさ」

「羽村さん」

「自分を解放しな。セックスのときに解放できないで、いつするんだ。我慢する必要なんてない。最初はちょっと痛いかもだけど。そら……」

……ぐちょ。

「あああ、い、痛い……痛いよう……」

腰を使ってペニスを抜き差ししはじめる。真帆はさらに永太にしがみつき、悲愴とも言える声をあげた。

しかし、永太はもう行為をやめられない。カリ首を膣ヒダに擦りつければ、ぬるぬるした快い感触とともに、甘酸っぱさいっぱいの電撃がひらめく。

「はうう、羽村さん……」

「ごめんな、ごめんな。でも、絶対よくなるから」

（頼む、ほんとにそうであってくれ）

真帆に語りかけつつも、心では祈りながらであった。悲痛な声をあげ、痛みに身をよじる娘を抱きかえし、永太はカクカクと腰をしゃくる。

「うあああ……い、痛い……いた……あっ……ああ、ああああああ」

（おおおお？）

すると、祈りが天に通じたか。

ついに真帆は、破瓜《はか》直後の痛みから抜けだした。

早くも痴女の本領を発揮し、はじめて体験する生殖の快感に、十八歳とも思えぬよがり声をあげはじめる。

「真帆……よくなってきたのかい。少しずつ……気持ちよくなってきたんだろう」

……ぐぢゅる、ぬぢゅる。

「うああ。うあああああ。アアン、羽村さん」

「そうなんだね」

「タ、タカちゃん」

「……えっ」

「ねえ、タカちゃんって呼んでいい？」

「……うん？」

「タカちゃん、ああ、タカちゃん、タカちゃん」

(うわあ……)

いいともだめだとも、こちらの意志を明確にする前であった。

真帆は熱っぽい声でその名を何度も呼ぶ。さらに熱烈に、永太の裸身をかき抱いた。

何度も首すじにスリスリと小顔を擦りつける。

(教師の名前か)

永太はようやく察した。

永太がその男性教師によく似ていると、真帆は先ほど告白した。おそらくその教師への思いが暴走し、永太ではなく、好きだった男とセックスをしている気持ちになっているのだろう。

「真帆……」

いいだろう。

それならこちらもなにも言わず、シチュエーションプレイの役を演じてやる。

永太はそう思った。

こちらからも、あらためてスレンダーな裸身を抱擁してささやく。

「愛してるよ、真帆」

「うあああ。タカちゃん、ごめんね。タカちゃん、タカちゃん」

「真帆、寂しかった」

「あああ。あああああ。そんなこと言わないで。ごめんね、タカちゃん。嫌われたくなかったから。エッチな女の子だって思われたくなぐああああ」

（おお、真帆）

永太は役になりきって、恋人どうしの語らいをしてみせた。真帆はそれに応じ、教師本人には伝えたくても伝えられなかった言葉を口にしはじめる。

だが、それも最後までつづかない。

……グチョグチョ！　ぐぢゅる、ネチョヨッ！

「あああ、タカちゃん、ああああ」

語らいのさなかも、永太の腰は休むことなくしゃくられていた。

つまり自慢の肉棒は、今この瞬間も痴女の肉園を、ヌチョヌチョ、グチョグチコとかきまわしている。

そんな責めに、つい先ほどまで処女だったにしても、痴女に生まれたいやらしい女性が我慢のできるはずがない。

6

「アアン、タカちゃん、お願い、嫌いにならないで。ねえ、嫌いにならないでえぇえ。あああああ」

「おお、真帆、はぁはぁはぁ」

真帆は嵐に吹き飛ばされまいと必死にしがみつく幼子のように、力をこめて永太に抱きついた。

華奢《きゃしゃ》な裸身には、ますます汗が噴きだしている。

体熱もさらにあがっていた。

身体を密着させれば、思いがけない熱さとヌルッとくるすべりの、どちらをも永太は生々しく感じる。

「感じるかい、真帆。そらそら。そらそらそらっ」

……バツン、バツン、バツン。

「うあああ、ああ、なにこれ、なにごれええ。あああああ」

もはや遠慮はいらないだろうと永太は思った。

両手でおっぱいを鷲づかみにする。意外に豊満だったたわわな乳房が、ふにっとひしゃげて形を変える。

……もにゅもにゅ。もにゅもにゅ。スリスリ、スリッ。

「あああ、あっあっあっ。ハアァン、いやあぁ……あっあっあっ。あっあっあっ」

肉スリコギで膣奥をかきむしりながら、乳をまさぐり、乳勃起をしつこく擦りたおす。

乳房は大きさこそあるものの、まだまだ青い果実という感じだ。芯の部分に硬さがあり、成人した女の乳とは、明らかに感触が違った。

「あっあっあっ。ハアァン」

真帆は自分の身体に起きていることに、ついていけない感じだ。責められる快感に恍惚《こうこつ》としながらも、同時におびえていることがわかる。

「あぁあ、いやあ、なにこれ。どうしてこんなに感じるの。あぁあ。ああああぁ」

「気持ちいいかい、真帆。ねえ、気持ちいい？」

……バツン、ぐぢゅ、ぬぢゅちゅ、ぐぢゅるぷ。

「うあああ。恥ずかしいよう。タカちゃん、愛してる。こんなエッチな女でもいいの。もっとふつうならよがっだよう、もっどふづうの女……おんな……うあぁああぁ」

「おお、真帆……」

もう一段階、痴女のレベルが覚醒した。

そんな気がした。閉じていた真帆の扉がさらにバタンと開いたような感覚を永太はおぼえる。

「うおおうおう。おおおおおう」

「おお、真帆、気持ちいいかい。ねえ、気持ちいい？」

ついに真帆の吠え声は「あ」から「お」に変わった。

これもまた、沙紀と同じである。

日ごろの彼女が、そんなよがり声を出しそうにはこれっぽっちも見えないため、いやでもこちらも興奮が増した。

「うおおう、おお、ダガぢゃん、ダガぢゃあああああ」

さらに、すべての言葉が濁りだしてくる。見ればその顔は、明らかにトランス状態に突入していた。

狂ったように右へ左へと小顔をふり、あうあうとあごをふるわせる。見開いた両目は、もはやこの娘が正常な精神下にはないことを雄弁に物語る。

なにかに憑《つ》かれでもしたかのように、もはや視点も定まらなかった。おとなしそうな美貌が引きつり、全身が絶え間ない痙攣さえはじめている。

（おおお、す、すごい……こいつはすごい。痴女だ。本当に痴女だ）

「ああ、真帆、気持ちいいかい。もう俺だめだ。そろそろイクよっ」

「うおおうおうおう。おおおう。おおおおおう」

もっともっと責めてやりたいが、あまりにすごい乱れぶりに、さすがに怒張が悲鳴をあげた。

こんな淫らな女を犯していて、長いこともつペニスもそうはないだろう。

乳を揉むのをやめた。

永太はもう一度、汗みずくの裸身をかき抱く。

怒濤の腰ふりで、思いの丈を真帆の淫肉にたたきつける。

……グチョグチョグチョ！　グチョグチョ！　グチョグチョグチョグチョ！

（ああ、気持ちいい）

「おおおう。おおお、ぎ、ぎもぢいい。ぎもぢいいの。ダガぢゃん、あいじでるよう、あいじでるよおう。おおお。おおおおおおっ」

（佐々木さん）

亀頭からひらめく快感にうっとりしながらも、永太は真帆を見る。

泣いていた。おそらくそれは随喜の涙だ。

完全な恍惚状態と言うべきか、入神状態と言うべきか。尋常ではない事態におちいった痴女のボディは、もはや制御不能である。

ブルブルと派手な痙攣を絶え間なくくり返す。見開いた目は、もはやなにも見ていない。

「あうあうあああ。あうあうあべ。あべべ。あべあべあああ」

なにを言っているのか、もはやまったくわからない。永太にわかるのは、とにかくこの娘もまた、すさまじい痴女だと言うことだ。

そして痴女は、やはり最高に興奮させられる。

「もうだめだ。出るよ、出るよ、真帆。出る出る出る出る」

——パンパンパン！　パンパンパンパンパン！

「おおおおう。おおお、おおおう、ぎもぢぐぎぎぎ、ぎもぢいぎ、ぐぎぎぎぎ」

いよいよ永太はラストスパートに入った。

先ほどまで処女だったのだ。痛いとたしかにこの娘は言った。

それなのに――。

「ぐごごご。ごごごごごごごっ」

真帆は、もはや壊れた少女人形そのものだ。

ぎくしゃくと手脚をふりまわし、引きつった美貌を恥も外聞もなく永太に見せる。

彼女がおぼえている悦びと多幸感をアピールする。

最高だ。

こんな女性もそうはいない。

かわいいのに痴女。

みんなに見せる姿とは、とんでもなく違う真実のこの姿。これを見ることができるのは、その娘に愛された特権的な男だけなのだ。

(衣里ちゃん)

股のつけ根がつんとうずき、射精衝動がつのりだした。

渾身《こんしん》の力で真帆を抱く。

ぬめる膣ヒダにグチョグチョと亀頭を擦りつけ、とろけるような快楽に身をひたしつつ、脳裏に最愛の美少女をよみがえらせる。

あの娘も、こんななのか。

緑川が断言する以上、可能性は十分にある。するとあの愛らしく清楚な少女もまた、ひとたびたががはずれるとこんなふうになってしまうのか。

人には見せられない姿をさらして「おうおう」ととんでもない声で泣き、痴女に生まれた幸せを、彼女が選んだひとりの男にだけ見せるのか。

（み、見たい）

そう思うと、もはや完全に限界だった。

精嚢《せいのう》の肉門扉が勢いよく開く。煮こみに煮こんだザーメンが、金玉袋から陰茎へと上昇していく。

「おおお。おおおおお。ぎもぢいい、ぎもぢいい、もうだめ、もうだめ、ダガぢゃんダガぢゃんあいじでるあいじでるうおおおおっ。おおおおおっ」

「真帆、イク……」

「おおおおおっ。おおおおおおおっ!!」

――どぴゅどぴゅ！　びゅるる！　どぴゅどぴゅどぴゅぴゅっ！

（ああ……）

ロケット花火にでもなったかのようだ。キーンと耳ざわりな音を立て、天空高く打ちあげられた気持ちになる。

なにもかもから解放されたような快さは、体験したことのないもの。重力からすら自由になったような多幸感に打ちふるえ、しばし永太はどっぷりと射精の快感に酔いしれる。

……ドクン、ドクン、ドクン。

「あっ……ああ、はうう……あう、あう、あああ……」

「真帆……」

なおも我が物顔で男根を脈打たせ、永太はようやく真帆に意識を向けた。見れば真帆もまた、絶頂のエクスタシーをなにもかも忘れて享受している。

半分白目を剝いていた。

窮屈そうに身じろぎをし、意味のない動きで、何度も手脚をバタバタと動かす。

「ああ、真帆……」

「き……きき……」

「……えっ？」

「嫌いに……ならないですよね……」

真帆は少しずつ、理性をとり戻しだしていたようだ。まだなお痴女の血の呪縛を受けつつも、ふるえる声で永太に聞く。

「佐々木さん……」

「平気、ですよね……わ、私……こんなエッチな女の子だけど……あの人……タカちゃん……」

「ああ、平気だとも」

「アアン……」

かわいい真帆に、父性本能がうずいた。あらためて汗まみれの裸身を抱きしめる。

「こんなすてきな女の子、嫌いになるほうがどうかしている」

「羽村さん……」

「保証するよ、大丈夫」

「ああああ……」

真帆は幸せそうだった。

ようやく安堵《あんど》したように、そっと目を閉じ、ため息をつく。

銀縁眼鏡のレンズが、さらにふわっとくもった。とくとくと、娘の左胸の奥でかわいく心臓が鳴っている。

大丈夫。絶対に、大丈夫。

永太は真帆を抱きすくめ、その髪をやさしくすきながら――。

(中に出しちゃったけど……よかったのかな……)

今ごろになって気づき、いささかとまどった。

だがたぶん、真帆は怒ってなどいない。それが答えだろうと永太は思う。

ようやく射精を終えたペニスを、精液まみれになった痴女の膣は、ムギュリ、ムギュリ、ムギュムギュといとおしそうに締めつけた。

第三章　絶望と恍惚

1

人生は、いいことばかりつづきはしない。

文字どおり、山あり谷ありなのである。

そんなことはわかっている。だが、いくらなんでもこんなかたちで、谷に転げおちなくてもいいではないか。

「へぇ、意外にきれいに暮らしてるんだね、羽村さん」

そのきれいな娘は、興味津々という様子で部屋の中をキョロキョロと見まわす。

「そ、そうかな。あはは……」

永太はとくとくと心臓を打ち鳴らし、そんな娘に必死に応対した。

衣里である。

同じ団地で暮らしているとは言うものの、この娘を部屋に招きいれるのは、はじめてのことだった。

当たりまえの話だ。

なにしろこちらは独身男性。相手は十六歳の未成年女子。

人目も気になるし、そもそもこのご時世、だいの大人がこんなことをしてよいはずがない。

もちろん永太とて、したくてしているわけではなかった。

十八歳の生娘痴女を相手にとてつもなくいい思いをしてしまった代償として、今日は意に反し、こんなことをさせられている。

衣里を部屋に連れこむよう命じたのは、あろうことか彼女の義父だ。

——そうか、そういうことか。なんだかただごとではないと思ったんだよな、佐々木がおまえを見る目がさ。

あの夜のことを報告した永太に、緑川は何度もうなずいて言った。

——つまりおまえの向こうに、本命の男を見ていたわけだ。なるほどな。でもまあ、結果的にはおいしい夜になったわけだし、ありがたく思えよ、俺という存在を。

緑川はそう言って、どうだとばかりに胸を張った。

緑川は彼独特の嗅覚で、真帆が永太を意識していることに気づいた。真帆が痴女であることも。

永太と真帆をふたりきりにしたら、十中八九いい関係になりそうだと踏んだという。もしもそうなったら、緑川の見たてが間違いではなかったと、永太は知ることになるだろうとも。

――でもまさか、こんなに早く結果が出るとは思わなかったけどな。ぎゃはは。

ゴリラのような風体の先輩は、愉快そうに肩を揺すった。

そして彼は「ということでさ、羽村」と、いよいよ本題に入ったのだ。

――今さら「いやです」とは言わないよな。自分だっていい思いをしたんだ。約束どおり、今度は俺がいい思いをするサポートをしてもらうぜ。

ギロリと永太をにらむ目つきには、ゾッとするものがあった。

永太はあらためて、自分がとんでもない蟻地獄《ありじごく》に転げおちてしまったことを思い知らされたのである。

緑川の要求――それは言うまでもなかった。義理の娘といい関係になれるよう、ひと肌脱げというのである。

断りたくとも、すでに道は絶たれていた。

緑川のおかげで棚からぼた餅、夢のような一夜を過ごすことができたのは、まぎれもない事実だったからだ。

永太は一夜の淫らな快楽を得る代わりに、世界一好きな少女に永遠に嫌われる、地獄のような役を演じなければならなくなった。

すべては、緑川のシナリオによるものである。

(最悪だ)

はじめて入った部屋を興味津々で見まわす衣里とあれこれと話しながら、もう何度ついたかしれないため息をまたもつく。

ゲスな考えかたを許してもらえるなら、これでせめて真帆が、自分の恋人にでもなってくれたら、まだ救われたかもしれない。

いや、たとえそうなったところで、やはり衣里への未練はいかんともしがたかっただろう。

だが、少なくとも「最悪」ではない。

ところが真帆は、永太に背中を押されたことに勇気を得て、別れた男性教師に会いに行った。

そしてその結果、彼女はふたたびその教師とよりを戻すことになったのである。

つまり永太は、真帆から感謝される立場にこそなりはしたが、結局のところ、それっきり。

タカちゃんとかいう男性教師と復縁し、それまでにない明るさで勤務しはじめた真帆にため息をつきながら、今日のこの日を迎えたのだった。

これから起きる悪夢に、暗澹《あんたん》たる思いになりながら……。

(でも、やるしかないよな)

六畳一間にキッチンのついたワンルーム。

きれいに暮らしているねと衣里は言ったが、たいした家財道具がないのだから、当たりまえと言えば当たりまえだ。

がらんとした六畳間には、小さな卓やテレビ、ノートPCやささやかな棚があるばかり。

女子校の制服姿の美少女は、ヒラヒラとスカートの裾をひるがえらせ、室内鑑賞と他愛もない雑談に夢中になっている。

(衣里ちゃん)

背中に流れる美しい黒髪や、鼻すじの通った清楚な横顔を見ると、せつなさがつのった。

白いブラウスの胸もとを押しあげ、ユッサユッサと重たげに揺れる大きなおっぱいにも、やるせない気持ちを増幅させられる。

いとしの美少女を、ようやく抱きしめられるときが来た。だが、まさか永遠に嫌われるために、神聖な行為をするようなはめになるなんて。

永太は定時で会社を出て、団地に戻った。学校帰りの衣里に声をかけ、話があると言って部屋に連れこんだ。

もしも衣里が部屋に入るのを拒んだら、近くにある大きな市民公園へと場所を移すつもりでいた。

だが永太を信頼してくれているのか、衣里はいやがることもなく、ふたつ返事で彼の部屋で靴を脱いだ。

(ええい)

そんな少女を手ひどく裏切ることになる。だがすでに、サイは投げられてしまっていた。

緑川はとっくにスタンバイをしている。

（ごめんね、衣里ちゃん）

心で少女に謝罪をした。

（さよなら）

別れの言葉まで永太はつぶやく。真帆の膣に中出し射精をした代償は、あまりにも大きかった。

「…………」

それまで距離を空け、衣里と会話をしていた。しかしついに永太は覚悟を決め、大股で衣里に近づく。

「……えっ」

衣里は永太の異変に気づいた。

カーペットを敷いた部屋の一隅に立っていたが、いきなり永太が迫ってきたため、驚いたように立ちすくむ。

「あ、あの……んむぅっ」

（ああ、こんなかたちで、大事な子にキスを）

とまどう衣里に有無を言わせず、抱きすくめた。仰天してフリーズする少女の朱唇を、許しも得ずに強奪する。

「んんむっ……ちょ……羽村さん……」

「衣里ちゃん、ヤラせてよ」

「……ええっ？」

言わなければならない言葉は、愛しているではなく、ヤラせてくれだった。自分で口にしておきながら、あまりの悲しさに泣きだしたいような気持ちになる。

2

「ちょ……ちょっと、羽村さ……むんぅぅ……」

「ヤラせてよ、衣里ちゃん。このエロい身体、一発ヤリたくてたまらなかったんだ」

「な、なにを言って……んああ……」

……ちゅぱちゅぱ、ちゅう、ちゅぱ。

(とうとう俺、衣里ちゃんとキスを。ああ、この唇……やわらかい……)

衣里はいやがり、永太の腕の中で激しくあばれた。しかし、永太は許さない。獰猛な力で抱きすくめ、熱烈に口を押しつける。

ぽってりとした唇は、とろけるような柔和さに満ちていた。口をかさねているだけで、つんと股間が甘酸っぱくうずく。

こんな状況だというのに、一気に血液が流れこみ、ペニスがムクリ、ムクムクと邪悪に膨張をはじめる。

「羽村さん……いや、い、今……なんて言ったの……んああ……」

自分が耳にしたことが信じられないという様子だ。可憐な少女は両手を突っぱらせ、永太を押しかえそうとする。

同時に顔をそむけ、口からも朱唇を剝がそうとしたが、永太はすっぽんのように衣里に吸いつき、離れない。

「ヤ、ヤラせてくれって言ったんだよ」

自分が口にする言葉のあまりのひどさに、頭をかかえてうずくまりたくなった。誰か助けてと悲鳴をあげたくなりさえする。

「羽村さん、むんうぅ……」

なおも唇を奪われながら、衣里はショックを受けたような目つきでこちらを見た。お願いだからそんな目で見ないでと、永太はさらにやるせなくなりつつ——。

「まえから一度ヤリたかったんだ」

「ヤ、ヤリたかったって……」

「当たりまえじゃん。衣里ちゃんの身体、高校生なのにこんなにムチムチしててさ。エロいったらありゃしない」

「羽村さん!?」

「ほら、このチ、チチ……乳だって」

……ふにゅり。

「きゃあぁ。い、いや。さわらないで」

永太はいきなり片房を鷲づかみにする。衣里はビクンと身をふるわせ、さらに激しく抵抗した。

（ああ、大きい）

指を食いこませた乳肉のボリュームに、しびれるほどの昂りをおぼえる。真帆のおっぱいも思いがけない大きさだったが、はっきり言って衣里の乳房は迫力がけた違いだ。

「衣里ちゃん、ああ、衣里ちゃん」

……もにゅもにゅ、もにゅ。

「いやあ、なにするの。いや、さわらないで。さわらないでって言ってるの。放して、いやっ、いやあぁ……」

「うお、うおお……はぁはぁはぁ……」

衣里に抵抗されながらも、永太は乳を揉むことをやめられない。

それはそうだろう。

この世でいちばん気になる女性の、見事なGカップおっぱいなのだ。

(指が沈む。でもやっぱり、けっこう張っている)

感激して乳を揉みながら、指に感じる淫靡な触感を永太は味わう。

真帆もそうだったが、若さあふれる豊乳は、成熟した女性のものとはまったく違う手ざわりだ。

全体的に張りに満ち、奥のほうにはさらに硬質なものを感じる。

だが、それがよかった。

十六歳のおっぱいがとろけそうでどうする。そもそも永太は、はじめてつかんだ。

こんな年若い少女の乳を。

それは、揉めば揉むほど身体の奥から獰猛な野性があふれだす、危険きわまりないおっぱいだ。

「や、やめて、いや、放して……羽村さんがこんな……こんな、人だったなんて……いやあ、放してってば……」

「ああ、衣里ちゃん」

「きゃあああ」

半分は演技。

だがもう半分は、本音だったかもしれない。永太は衣里の脚を払い、もつれあうようにカーペットに押したおす。

もちろん、痛い思いはさせたくない。万が一にも頭や背中を打たないよう、懸命に注意を払って倒れこんだ。後頭部には自分の手を添え、頭を支えるようにして床へと倒す。

やっていることは極悪なのに、扱いはとても丁重。

そのアンバランスさは、よく考えればおかしいはずだが、パニックになった衣里がそんなことに気づくはずもない。

「きゃあああ。いや、いやああ。放して……大声出すよ、羽村さん」

あばれる少女に馬乗りになり、ブラウスのボタンをはずそうとした。

衣里はますます引きつった顔つきになり、さかんに両手で永太の指を払いのけようとする。

「そんなことしたら、もっと痛い目に遭わせるよ」

そんなことは言いたくなかった。

もちろん、したくだってない。

だが、なりゆき上、言わねばならなかった。永太が最低であればあるほど、これから登場するヒーローが光り輝く。

「ひいっ、羽村さん」

「お、おお、おら、おっぱい見せろよ」

永太は悲しみをこらえつつ、少女のブラウスをつかもうとした。白い指で何度払われても、しつこく何度も胸のあたりに両手を伸ばす。

「いやっ、見せない。羽村さんなんかに絶対見せない。いやああ……」

(おおお……)

衣里は両脚をばたつかせ、懸命に抵抗した。

ちらっとふり返れば、膝丈のスカートがまくれあがり、もっちりした太腿がまるだしになっている。

いや、太腿どころか——。

(——っ。み、見えた。ああ、パンツ。衣里ちゃんのパンツ)

衣里が激しくあばれるため、さらにスカートがつつっと上方向にずれた。

露になったのは、衣里のイメージとよく似合う純白のパンティだ。

たっぷりの脂肪みを感じさせる肉土手が、ふっくらと盛りあがって、白い下着を押しあげる。

パンティから伸びる太腿は、透きとおるような白さと健康的な太さの双方で、見つめる永太を悩殺する。

「くうぅ、衣里ちゃん……」

こんなまねでもしなければ、一生目にすることはかなわない光景だったのか。

いずれにしても、あまりに悲しい。

(早く来てよ、緑川さん)

極悪な悪漢の役は、早くお役御免になりたかった。永太はこみあげる性欲と悲しみの両方を持てあましながら——。

「うおおおっ！」

……ビリビリ、ビリッ。

「きゃあああ」

ブラウスの合わせ目を、力まかせにかき開く。

布の裂ける音がした。

吹っ飛んだボタンが、壁や天井に当たって落下する。

……プルン、プルン。

「――っ。衣里ちゃん」

ブラウスの中から飛びだしたのは、これまた煽情《せんじょう》的な光景だ。白い乳房にブラジャーが吸いつくように密着している。

ブラジャーのカップは、目を見張るほど大きかった。ストラップもカップも食いこむように、柔らかそうな乳をキュッと締めつけている。

そのせいで、たわわなふたつのふくらみがぴたりとくっついて、内側からブラジャーを押しかえしていた。

乳のあわいに走る線は濃く、どこまでも谷間は深そうだ。

あばれる持ち主の動きにあわせ、ブラジャーに包まれた乳塊が、ユッサユッサと重たげにはずむ。

(た、たまらない！)

「衣里ちゃん、ああ、衣里ちゃん」

……ふにゅう。

「いやあああ」

ついに永太は、ブラジャー越しに巨乳をつかんだ。火照る乙女の身体の熱さと、得も言われぬ乳の感触に、いやでも興奮が増す。

「さ、さわらないで。羽村さんなんかにさわられたくない。放してよう」

「おお、衣里ちゃん、俺……俺！」

……もにゅもにゅ。もにゅもにゅもにゅ。

「いやああ。羽村さんのばか。大きらい、大きらい。いやあああ」

ブラジャーを道連れにしておっぱいを揉まれ、衣里は悲愴な声をあげ、なおも身体をばたつかせた。

(衣里ちゃん)

こんな思いをさせるのは本意ではない。

いったい俺はなにをしているのだと、あらためて情けなくなってくる。

そのときだった。

「なにをしている！」

とつぜん部屋に、野太い声で怒声がとどろいた。見れば部屋の入口に、緑川が立っている。

見事な演技だった。

自分が目にしている光景が信じられないというように目を見開き、あんぐりと口を開けたまま、永太を、そして衣里を見る。

「きゃあああ」

こんな現場を見られてしまうだなんて、衣里にとっては最悪もいいところだったろう。

引きつった悲鳴をあげ、あわてて身をよじり、まるくなる。彼女のそんな動きにあわせ、永太はフラフラとその身体から落ちかけた。

「きさまあああ」

緑川は怒号とともに永太に駆けよった。片手の拳をにぎりしめ、これ見よがしにふりあげる。

(来たよ、衣里ちゃん、ヒーローが)

もはや、演技をする気力すら失せていた。

永太はため息とともに目を閉じる。

そんな彼の左の頬に、焼けるような熱さとともに鉄拳がめりこんだ。

「……いててて」

3

ときが経てば経つほどに、左頬の痛みは激しいものになった。

ひとりきりの部屋。

これ以上はないほどみじめな気持ちで、タオルに包んだアイスキューブを頬に当て、じっと冷やす。

――見そこなったぞ、羽村。

緑川は堂に入った演技で永太を罵倒し、嗚咽する衣里をやさしくサポートして部屋を出ていった。

点数をつけるなら、まず満点と言っていいヒーローぶり。

どうして永太の部屋など訪ねてきたのかと義理の娘に聞かれたら、仕事のことで直接連絡したいことがあったからだと説明をしているはずだ。

――いやあ、よかったよ、あのタイミングであいつを訪ねて。でなけりゃ今ごろ、いったいどんなことになっていたか。

緑川は心の底から安堵した笑顔を衣里に見せ、なんなら目に涙までため、愛する娘の頭を撫でたかもしれない。

すべてがしくまれたことなのだとわからなければ、義父に対する衣里の心の距離は、まず間違いなく、一気にちぢまったことだろう。

「自業自得、だな……」

どんよりと重苦しい気持ちでつぶやいた。口から出てくる言葉までもがずしりと重く、ただただむなしい。

まさか今夜一気に、行くところまで行ってしまうなどということはあるまいな。永太は不安にかられた。

頭の中いっぱいに、緑川に押したおされ、痴女の本性を開花させる美しい少女の姿が鮮明に想像される。

いかんいかんと、かぶりをふった。

思ったところで詮ないこと。

今夜一気にだろうと、明日であろうとなんだろうと、もはや衣里が緑川のものになることは既定路線だ。

あれこれと妄想するだけむなしかった。

「ばかなやつ」

自分にあきれ、ののしるよりほかにすべはない。やけ酒でもあおり、寝てしまおうと決めた。テーブルに氷入りのタオルを置く。

立ちあがり、キッチンの冷蔵庫に向かおうとした。

（えっ）

すると、とつぜんドアチャイムが鳴った。

宅配便でもとどいたか。ネット通販でなにか買っていたっけと考えるが、思いだせない。

「はいはい」

二度目のチャイムが鳴った。

永太はうんざりした調子で返事をし、一応三文判を手にとる。キッチンの一隅にある玄関スペースに向かった。

よく考えたら、内鍵などかけていなかった。荒々しい足どりで緑川がドアを開け、衣里を連れて出ていったときのままである。

身を乗りだし、ドアノブをつかむ。

そっとドアを開けた。

「あっ……」

「ごめんなさい。ちょっといいかしら」

そこにいたのは、思いがけない人だった。いったい今日はなんという日だ。まさに緑川家大集合という感じである。

「沙紀さん」

申しわけなさそうに、沙紀が共用廊下の明かりの下にいた。見れば手にはレジ袋を提げている。

肩までまるだしにした、白いワンピース姿。

ワンピースには優雅な花のデザインがあしらわれ、あでやかな花が風に舞ってでもいるような趣を感じさせる。

「どうしたんですか、いったい」

さすがに驚き、永太は聞いた。だが見れば、沙紀もまた、驚いたように永太を見ている。

「羽村さんこそどうしたの」

「……えっ」

「ここ」

そう言って、沙紀は自分の左頬に触れた。

「あ……ああ、ええ、ちょっと」

永太はあわてて左頬に手をやり、あいまいに言葉を濁す。

「ちょっと、間違ってドアの角にぶつけちゃって。あはは」

「まあ、大丈夫」

「平気です、全然。それより……」

あらためて、来訪の真意を沙紀にうながそうとした。

「あ、うん……それが……だから……ちょっといい？」

沙紀はとまどったように身じろぎをし、一度うつむいてから、意を決したように言った。

「はい？」

「入れてもらってもいいかしら」

「あっ……」

ちょっといい、というのは、中に入りたいという意味だったのか。

だが——。

「え、ええ。でもあの……えっと、俺、ひとりですよ、当たりまえだけど」

そう問わないわけにはいかない。

なにしろこの女性は人妻なのである。

「わかってる、もちろん。だめ？」

しかし沙紀は、柳に風だ。しれっとした調子で永太に聞く。

「いや、だめじゃないですけど」

「……………」

「じゃ、じゃあ、どうぞ。散らかってますけど」

散らかるもなにも、散らかすほどのものなどなにもないような部屋だ。だが永太はそう言って、沙紀を招じ入れる。

なにかあったのかなと不安になった。

なにしろまだ、緑川と衣里が去ってからさほど時間は経っていない。

「お邪魔します」

沙紀はそう言って、履いていたものを脱ぎ、キッチンに入ってくる。

「どうぞ」

永太は背中越しに言い、ちょっとだけでも部屋の中をととのえるかと、先に六畳間に戻ろうとした。

ところが——。

「ああ、羽村さん」

「うわああ」

いきなりドサッと、なにかが床に落ちる音がした。背後から沙紀が、熱烈に抱きついてくる。

落ちたのはレジ袋だった。

袋から飛びだしたものがキッチンの床を転がる。それは、コンビニで買ってきたらしき缶ビールだ。

「沙紀さん、ど、どうしたんですか」

予想もしなかった行動に、永太は本気でフリーズした。六畳間の手前のあたりで立ちすくみ、しがみつく背後の人妻に問う。

「羽村さん……羽村さん、羽村さん、羽村さん」

沙紀は、あふれだす感情を持てあましたかのように何度も永太を呼び、さらにギュッと抱きすくめる。

いったいどういうことだと、わけがわからなくなった。

永太は何度も、目をしばたたかせる。

「あ、あの……沙紀さ──」

「見てたんでしょ」

「……えっ」

永太の背中に頬をつけ、恥ずかしそうに、しかも、どこかおもねる声音で沙紀は言った。

ささやいた、と言ったほうが正確か。

「えっと、あの」

「見てたんでしょ、あの晩ずっと、羽村さん」

「──っ。沙紀さん……」

人妻がなにを言いたいかは、もはや明白だ。

永太の脳裏に、おうおうとあられもないよがり吠えをとどろかせ、淫らな獣になるこの人の姿が去来する。

「ご、ごめんなさい。決して、その……出歯亀するつもりは──」

「いじわる。見てたくせに、知らん顔して」

「……はっ？」

「いじわる。いじわる」

「あ、あの……沙紀さ——わわっ」

「恥ずかしいでしょ、あんなところ見られたら」

「あああ……」

虚をつかれた永太は、人妻に床へと倒された。沙紀は彼ともつれあうように、いっしょになって横たわる。

六畳間の部屋とキッチンの境あたりだった。うつぶせに倒れた永太はあわてて身体を反転させる。

「——っ！　なにをしているんですか」

「なにって……」

沙紀がしていることに仰天し、永太はうろたえた声をあげた。見れば熟女は膝立ちになり、着ているものを脱ごうとしている。

「ばれちゃったのなら、開きなおっちゃおうかしらって」

「はあ？　あ、ちょっと……」

「ンフフ……」

人妻は、ワンピースの背中に両手をまわした。

ファスナーの降りる音がする。肩のあたりをおおっていた生地が、はらりとはだけて白い肩が剝きだしになる。

「ちょ、ちょちょ……沙紀さん」

永太は動転し、間をとろうとした。尻餅をついたままぎくしゃくと手足を動かし、ズリッ、ズリッと尻をずらして後退する。

「ねえ、どう思ったの」

沙紀は媚びたように尻をふり、ねっとりと目を細めて永太を見た。

永太の背すじを鳥肌が駆けあがる。

それは、はじめて見る顔つきだった。秘めた妖艶さを惜しげもなく露にし、濃いめの色香で堂々と、夫の後輩を誘惑する。

「ど、どう思ったって」

「私みたいな女……羽村さん……永太くん的に言うとどう」

永太の呼び名が苗字から下の名前に変わった。

しかも「くん」である。

「どうって言われても」

この急展開の流れはいったいなんだと、永太は頭がついていかない。

夢か。これは夢なのか。

だが夢だとしたら、いったいなんだ、この生々しいリアルさは。

4

「ンフフ……」

「わあ……」

ついに沙紀は、両肩からワンピースを落下させた。

中から露になったのは、三十五歳の完熟ボディ。どこもかしこもむちむちと艶めかしい、熟女の半裸が惜しげもなくさらされる。

大迫力の乳房と股のつけ根をおおっているのは、セクシーなパープルのブラジャーとパンティ。

どちらもギチギチに、白い素肌に食いこんで、やわらかそうな肉をくびりだしている。

「ねえ、どう、私みたいな女」

「あわわ……」

沙紀はもはや、獲物に飛びかかろうとする肉食獣さながらだ。四つんばいになり、ハイハイをして永太に近づいてくる。

永太はあとずさる。沙紀が追う。ふたりは六畳間の中にいる。

「沙紀さん」

「試させてあげる」

「うわあ」

ついに沙紀は永太に躍りかかった。女豹《めひょう》のように飛びかかり、永太のスラックスを下着ごと脱がせようとする。

「ちょ……やめてください」

永太は抵抗をし、訴えるように沙紀に言った。

だが、もっと激しくあばれたいとは思うのだが、パニックになってしまい、思うように力が入らない。

「試させてあげるわ、永太くん。ンフフ」

思いがけない力と積極さ。沙紀は永太のベルトをゆるめ、スラックスのファスナーを下ろそうとする。

「た、試させてあげるって……あああ……」

……ズルッ。ズルズル、ズルッ。

「まあ、大きい」

沙紀はスラックスだけでなく、ボクサーパンツもいっしょに脱がせた。永太はあっという間に、股間をまるだしにさせられる。

三十五歳の熟女妻は、永太の股間にあるものを見て、たちまちその目を淫靡に光らせた。

「すごいすごい。もしかして、緑川より大きいいんじゃなくて」

「あ、ちょ……沙紀さ……うわああ」

沙紀は永太に脚を開かせ、股間に陣どり、うずくまる。

あとずさろうとする永太の内腿に体重を乗せて動きを制し、白魚の指をつっと伸ばして永太の股間に近づけた。

……むにゅう。

「うわああ、なにを……」

とうとう永太は、沙紀にペニスをにぎられる。

まだこれっぽっちも大きくなどなっていない、しなびた明太子のような男根。それにひんやりとした感触の、すべらかな指がからみつく。

「沙紀さん、なにをするんですか」

「なにって……人生とはなにか語りあいましょうとか言っているように見えて？」

「わわわっ」

……しこしこ。しこしこしこ。

沙紀はさも当然の権利のように、セクシーな手つきで肉棒をしごきはじめる。しかもそれだけではあきたらず、すぐさま永太の股間に首を伸ばした。

……ピチャ。

「うおお、沙紀さん……」

「ンフフ。かわいい顔して、こんなすごいもの持っていたのね。やっぱり、うちのゴリラよりすごいかも。んっんっ……」

……ピチャピチャ、ねろねろ。ねろ。

「ああ、ゴ、ゴリラって……おおお……」

棹《さお》の部分を巧みな手コキで刺激しつつ、ざらつく舌をあちらからこちらから、亀頭に降りそそがせた。

生ぬるくねばつく舌先が亀頭に押しつけられては、レロッと跳ねあがる。

まるでマッチで火でも点けようとしているかのよう。

舌が鈴口に擦りつけられ、思いきり跳ねあがるそのたびに、甘酸っぱさいっぱいの電撃がひらめく。

「ンフフ……はぁはぁ……おっきくなってきた……んっんっ……」

……れろれろ、ピチャピチャ、ちゅうちゅぱ。

「んおお……沙紀さん、ああ、そんな、うお、おおお……」

熟女の淫戯は、年相応の巧みさを持っている。

しごきかたも、亀頭の舐めかたも男のツボを知悉《ちしつ》していた。自分以外の誰かにしごかれ、こんなに快く感じることもそうはない。

(やばい)

しごかれる指の中で、ムクリ、ムクリ、ムクムクと、男根が膨張しはじめた。

沙紀は指の輪を徐々にひろげ、肉棒の太さとフィットさせる。指の輪から飛びだすペニスの先端部分もさらに長さと猛々しさを増した。

「まあ、ほんとにすごい……んっんっ……こんなにたくましいオチ×ポ……見たことないかも……ハアァン……」

「──えっ。えっえっ、沙紀さん」

とうとう極太が完全におっ勃った。

沙紀は永太を完全に仰臥させ、自分は尻からパンティを剝く。緑川の妻は、永太の前にとうとうもっとも恥ずかしい部分をさらした。

あの夜、闇の中で見たヴィーナスの丘が、明るい電灯の下にくっきりと見える。

淡くもやつく秘毛の下では、早くも卑猥なワレメから、いやしい愛蜜が泡立ちながらあふれだしている。

「沙紀さん」

「ンフフ、だめ……挿《い》れちゃうんだから」

「ああ……」

沙紀は永太の上に馬乗りになった。白い手を伸ばし、唾液まみれになったどす黒い男根を手にとって上を向かせる。

突きださせた亀頭にあわせ、自分の位置を変えた。ぬめる秘割れに亀頭を押しつけるや、色っぽい笑みで永太を見下ろす。

「あの……ちょ――」

「ハアァン、永太くん」

――ヌプッ！

「うわああ、沙紀さん、まずいです、まずい」

「まずい……なにが……んあああ」

――ヌプヌプッ！　ヌプヌプヌプッ！

「うあおおおお」

「……えっ。ええっ？」

ついに沙紀は根もとまで、ズッポリと男根を腹の底にまる呑みした。

それまでゆっくりと挿入していたのが、最後は一気に尻を落とし、勢いよくズブリと自ら膣奥までペニスを刺す。

そのとたん、沙紀は達した。

背すじをたわめて天を仰ぐ。

ずしりとひびく低音のよがり吠えは間違いなくガチンコ。天を向いて吠えたまま、ブルブルと半裸の身体をふるわせる。

「あああ……」

「おっと……」

挿入と同時に達した沙紀は、くずおれるかのように折りかさなった。永太は熟女を抱きとめ、あらためて発熱でもしたような体温に気づく。

「ギュ……ギュッてして」

ビクン、ビクンと痙攣しながら、甘える声音で沙紀は言った。

「……えっ」

「ギュッてして。ブラジャーはずして」

「沙紀さ――」

「いいからして。ブラジャーはずしてギュッてして。して。してしてして」

「くっ……」

まだなおアクメの余韻の中にありながらも、沙紀は駄々っ子だ。こんな彼女と面と向きあうのは、今夜がはじめてである。

乞われるがまま、熟女の背中に指を伸ばした。

ブラジャーのホックをプチッとはずす。

下着の用をなさなくなったパープルのブラジャーを、ふたりの身体が密着する部分からズルッと抜いて部屋の隅にほうる。

(い、いいのかな、こんなことして)

とまどうものはありながらも、永太は流れに身をまかせた。

ギュギュッと沙紀を抱きすくめる。

すると――。

「おおうおうおう」

「えっ……」

……ビクン、ビクン。

(嘘だろう)

唖然とした。

ギュッと強く抱擁しただけで、またしてもあっけなく沙紀は達する。

「沙紀さん……」

「ハアァン、いじわる……おう……おおう……」

「……えっ」

「ギュッてしながら、オチ×ポで奥までえぐるからあ……おおう……」

「あ……」

そんなつもりはなかったが、言われてみればたしかに股間も、さらに強く密着させていた。

抱きついた拍子につい亀頭で、ポルチオ性感帯をグリッとやったらしい。

「ご、ごめんなさ――」

「もっとして」

「――っ。沙紀さん」

「もっとして。もっとグリッてやって」

（おおお……）

抱きついたまま裸身を揺さぶられ、胸に押しつけられたおっぱいがぷにゅぷにゅとひしゃげる。

乳首は当たりまえのように、ビンビンに勃っていた。しこったふたつの乳勃起で胸板を艶めかしくえぐられる。

髪の甘い香りと熱い吐息にも、いやでも劣情をあおられた。

そのうえ故意にか、それとも自然にか、肉棒を締めつける胎肉は、波打つ動きで蠕《ぜん》動《どう》し、男根を甘酸っぱくしぼりこむ。

「ねえ、してってばあ」

「くうぅ、こ、こう？」

ゾクゾクと背すじに鳥肌が立った。永太は不自由な体勢で腰を使い、今度は意識的に、膣奥深くに亀頭をねじりこむ。

……ぐぢゅぢゅ。

「おおおおう」

（ああ、エロい）

するとまたしても、沙紀はアクメに突きぬける。

今度は永太にも自覚があった。

膣奥までえぐったペニスの先を、あたたかでヌメヌメした、やわらかなものがキュッと包みこんでいる。

その快さに、鳥肌が立った。

5

「おう、おう、もっど……ねえ、もっどおお……」

沙紀は、早くもこの世の桃源郷だ。派手に裸身をふるわせ、永太にしがみつきながら欲求不満を露にして言う。

(沙紀さん、もうだめだ)

そんな沙紀に、永太ももはや理性で防戦などできない。

女の膣に剛直を挿入しているのに、聖人君子でいられる男などこの世にただのひとりもいない。

「沙紀さん、こう？　ねえ、こう？」

こうなったらやってやると思いながら、本気で腰を使おうとする。あらためて強く、四つんばいの熟女を抱きしめた。しゃくる動きで腰をふり――。

……ぐぢゅるぷ。

「うおおおう、ああ、気持ちいい」

……ずっちょ。ねちょ、にちゃ。

「うおおおう。ねえ、もっど、もっどおお」

……にっぢゅ。ぐっちゅ。ずるちゅ。

「はぁはぁ……いやらしい。こうなの？　こうなの？」

「おおうおうおう。ああ、オチ×ポがすごい奥まで……そごいいの……そごすぎ……そごずぎなのそれしでもっどじでええぇ」

「ここがいいの？　ここなの？」

……ずっちょ、ずっちょ、ずっちょ。

「んおおう。おおおおう」

沙紀はポルチオへの責めを求めた。

望むところだとばかりに、永太もとろける子宮口を、何度も何度もバッツン、バッツンと亀頭でえぐりこむ。

「おおう、おおおおう。アァン、すごいすごいずごいじゅごいうおおうおうおう」

「沙紀さん……」

「うおおお。うおおうおうおうおおおう」

（すごい）

演技などではないことはいやでもわかった。

もう完全に、沙紀はトランス状態だ。

喉からほとばしるあえぎ声が、密着した身体を通じて永太の胸にもビリビリとひびく。

沙紀は狂ったようにかぶりをふり、髪を激しくふりたくった。たえまなく「うーうー」となにかに憑かれたような声でうめき、自らも尻をふりたくって、女陰をクチュクチュと、猛る勃起に擦りつける。

「おお、沙紀さん……」

「気持ちいいの。すごくいい。ねえ、もっと試して。私を試じで、だめじでえええ」

「くうう、沙紀さん、沙紀さん」

「ハアアァン」

永太は衝きあげられるような興奮にかられた。もうおとなしく仰向けになってなどいられなくなる。

いったん沙紀から離れ、手を引っぱって熟女を起こした。沙紀はされるにまかせ、艶めかしい吐息をこぼしながら立ちあがる。重たげに、Hカップの巨乳がユッサユッサと上下にはずむ。

「ンハアァ、永太くん……」

壁に手をつかせ、うしろに尻を突きださせた。

(おおお……)

やはりこうして見ると、見事に熟した官能的なボディライン。両肩からつづくゆるやかなV字の線が、腰のあたりに来て一気に細まっている。

そして、そこから一転。

ひれ伏すがよい男どもとでも言っているかのようないやらしさと迫力で、完熟白桃そのものの、大きなヒップがこちらに向かって迫ってくる。

これから永太に挿れてもらうことを願いながら、ググッと踏んばる太めの美脚のもっちりぶりもよかった。

白い太腿がブルブルとふるえ、ふくらはぎの筋肉が色っぽく締まって、そこに濃い影ができている。

もう一度、つながらないではいられなかった。

永太は沙紀の背後で態勢をととのえる。いきり勃つ怒張を手にとると、腰を落とし、汁まみれの亀頭を沙紀の淫肉に押しつける。

――ヌプヌプヌプヌプヌプッ！

「おおおおおう」

挿入の電撃に打ちふるえ、またしても沙紀は吹っ飛んだ。

目の前の壁に上半身を押しつけて転倒を防ぐ。電極でも押しあてられたかのようにして、ビクビクと全身をふるわせ、そして――。

「抜いて。永太くん、抜いて、抜いてえええ」

切迫した声音で永太にねだる。

「……えっ」

「いいから抜いて。早くぅぅンンン」

「くっ……」

今挿れたばかりなのにと思いながら、永太はしかたなく腰を引き、ペニスを撤退させた。

すると――。

「うおおう。おおおう」

「あっ……」

……ビチャビチャビチャ！　ビチャビチャ！

ペニスという肉栓を失った牝穴から、水鉄砲の勢いで透明な飛沫が散る。

潮であろう。

だが、これほどまでの勢いと量でぶちまけられる潮というものを、永太ははじめて見た。

「おお、沙紀さん……」

恥裂から噴きだした潮が、バラバラと音を立ててカーペットをたたく。床にみるみる、失禁でもしたかのようなシミができる。

「ハアァン、出ちゃう。いけないわよね、いけないわよね。でも、出ちゃうの。ああ、気持ちいい。オチ×ポ挿れてぇえん」

「くうぅ、沙紀さん……うおおおおっ！」

——ヌプヌプヌプッ！　ヌプヌプッ！

「おおおおう。ああ、う、動いて。永太くん、動いて。オチ×ポでいっぱいかきまわしてえええ」

「ぬうぅ、沙紀さん、どこを」

「ああああう、オマ×コ。沙紀のオマ×コ。オマ×コおおおおっ」

「ああ、興奮する」

……バッツン、バッツン。

「うおおうおう、おおおおう」

またしてもペニスを挿入し、ひとつにつながって腰をふった。

沙紀はさらなる獣と化す。

「うおおうおうおう、永太ぐん、永太ぐん、おおおう。チ×ポ刺さってる。奥まで刺さってるンン。おおう、そごいいの。そごそごそごそご。おおおう」

「沙紀さん……」

永太は腰をしゃくり、猛る肉スリコギでぬめる肉壺を攪拌《かくはん》した。サディスティックにすら感じられる永太のピストンにあわせ、沙紀の牝園はグチョグチョとあられもない汁音をひびかせ、ねっとりとねばる。

永太の極太は、沙紀の肉穴にズッポリと埋まり、出たり入ったりをくり返した。肉幹の部分には、ヨーグルトを思わせる白い液体がいくつもすじになっている。

沙紀の媚肉は言うまでもなく、もはやとろとろもいいところ。ところどころ白く濁った蜜を分泌させ、男根に甘えるようにキュッと吸いつく。

「くう、沙紀さん、ほんとにたまらない」

「おおう、永太ぐん、永太ぐん、うおおう、私もいいの。とろげぢゃうンン。おおお。おおおおお」

男根を喜悦させる淫裂の快さに、永太はうっとりした。

しかし、これはなんという胎肉だ。

膣ヒダ全体が蛇腹にでもなっているのかと思うようなフィット感。しかも狭隘で、無数のヒルさながらに男根に吸着する。

そんな胎路がウネウネと蠕動し、波打つ動きで怒張を揉みほぐした。

腰の抜けそうな快感。

これは長くもちそうもないと白旗を揚げる。実際問題、射精衝動がいやでも一気につのりだしてくる。

「はぁはぁ……ああ、もうだめだ。がまんできないよ、沙紀さん」

——パンパンパン！　パンパンパンパン！

「うおおうおうおう。おおう、永太ぐん、永太ぐん、おおおおお」

永太は怒濤のピストンで、最愛の少女の母を犯した。

こちらに熟女の腰を引っぱり、壁に手をつかせた立ちバックの体勢で、ふたりして最後の瞬間に昇りつめていく。

――グチョグチョグチョ！　グチョグチョグチョ！

「おおおう、ぎもぢいい、ぎもぢいい。ねえ、まだ何度もしてくれるのよね。これで終わりじゃないわよね。おおおう」

「沙紀さん……」

沙紀は早くも、二回戦、三回戦を期待した。

めったに見かけない真性の痴女は、同時に人並みはずれた性欲の強さもあわせもっているようだ。

「してね、もっとしてね、してねしでね、じでねじでねあああぎもぢいいぎもぢいいイグイグイグイグあああああ」

「はぁはぁ。はぁはぁはぁはぁ」

永太は狂騒的な腰ふりで、射精寸前の亀頭を熟女の子宮にえぐりこむ。性器と性器の隙間から、愛蜜と潮が混濁したらしき液体が泡を吹いてふくれあがり、ピューピューと飛び散って永太の股間を激しくたたく。

（もうだめだ）

永太は観念した。

膣ヒダにカリ首を擦りつけるたび、火の粉の散るような快感がひらめく。ひと抜きごと、ひと刺しごとに快さが強まり、遠くから耳鳴りが大きくなってくる。

キーンという耳鳴りに、地鳴りのような音がかさなった。

足もとまでもがゴゴッ、ゴゴゴッと振動をはじめたような感覚すらおぼえる。屹立《きつりつ》する肉の尖塔《せんとう》に、ズキュズキュと甘いうずきをおぼえだす。

（イクッ！）

「おおう、おおおう、永太ぐん、イグッ、イグウウッ、あああああ」

「ああ、だめだ、俺もイク……」

「うおおおおっ、おっおおおおおっ!!」

――どぴぴぴっ！　どぴゅどぴゅどぴゅ！　びゅるるるるっ！

（あああ……）

肌のおもてが熱さを増した。沙紀がまたしても目の前の壁にダイブする。ペニスを引っぱられ、永太も沙紀につづいた。ふたりして身体をかさね、壁に密着してアクメのエクスタシーに酔いしれる。

（気持ちいい）

永太は目を閉じ、射精の快感に耽溺した。

膣奥まで深々と埋まった肉棒が、ドクン、ドクンと脈動する。そのたび大量の精液を熟女の子宮にたたきつけ、粘りつかせる。

「おう……おう……おおおう……」

「沙紀さん……」

沙紀は捕獲された魚のように何度も跳ねた。永太はそんな身体を背後から抱きすくめ、なおも吐精の悦びにひたる。

陰茎は、何度も雄々しく痙攣した。

こんなに大量の精を吐くのは、三十年とちょっと男というものをやっているが、先日の真帆につづいてふたりめかもしれない。

これほどぶちまけたら、間違いなく妊娠させてしまうとつい不安になるほど、永太の怒張はどぴゅどぴゅとしつこいぐらい射精する。

「はうう……永太、くん……」

狂おしい絶頂に突きぬけ、ようやくいくらか理性をとり戻したようだ。

つい今しがたまで見せていた、常軌を逸したような姿は影をひそめる。永太のよく知るいつもの沙紀に戻っていくのがわかる。

「沙紀さん……」

永太もそれは同様だ。ケダモノじみた、とげとげしい欲望が射精とともに鎮まって、賢者モードがやってくる。

「まだ……はじまったばかりよね……」

すると、いまだアクメの余韻をむさぼりながら、息をととのえ、色っぽい声で沙紀が言った。

「……えっ」

思わず永太は聞きかえす。

するとそれへの返事のように、沙紀の肉壺がキュンと締まった。

「おおお……」

「もっと……試してくれるのよね、私の身体……」

「沙紀さん」

「ンフフ……」

沙紀は幸せそうに、うっとりと目を閉じた。

まだまだ放さないんだからというういやらしい意思表示のように、ペニスを包む淫肉が、またしてもキュンと蠢動《しゅんどう》した。

第四章　とまどう美少女

1

「は、話って……？」

問いかける声はいやでもふるえた。

まさか自分の人生に、ふたたびこの少女とこんなふうに向きあう日が来ようとは思わない。

「……………」

その少女――衣里はテーブルの対面で、困ったようにうなだれる。

今日も女子校の制服姿だった。座布団の上に正座をし、唇をかんでなにごとか考えている。

悲しみと、思いがけない恍惚が同時にやってきたあの日から一週間ほど経っていた。

その間永太は、団地で衣里と遭遇すると、針のむしろさながらのせつない毎日を送ってきた。

あんなまねをしてしまったのだからしかたがないとは思う。

だが、彼を見るなり毛虫でも見つけたかのように飛びあがり、顔をそむけて逃げていく衣里を見るたびに胸を締めつけられた。

その代償は、彼女の母と秘密の関係を結んだことだったのか。

たしかに沙紀とのひとときは望外の喜びだったし、いやらしい人妻のおかげで、絶望のどん底から多少なりとも救われたことは事実である。

しかし結局のところ、沙紀との関係もあのときかぎり。こちらから誘えばまた抱けたかもしれないが、正直、そんなことはできなかった。

知らないところで彼女を悲しませるような裏切り行為を働いたのだから、無理もない話である。

だから、こんなふうにもう一度、衣里と向き合える日が来るなどとは夢にも思っていなかった。

話があると言われたときは、いったいなにごとかと本気でとまどった。しかも今夜の衣里は、わざわざ彼が会社から戻ってくるのを、団地の闇の中で待っていた。

頼むから少しでもいい話であってくれと思いながら、永太は衣里と六畳間で向きあった。

以前のような関係に戻ることなど期待していない。ただ、地球の果てまで離れてしまったように感じられる衣里との距離が、少しでも縮まるような展開ならいいなと思っていた。

キッチンの流し台には、コンビニで買ってきた緑茶のボトルや缶ビール、つまみなどが、レジ袋に入れたまま置きっぱなしになっている。

買ってきたそれらを冷蔵庫などにしまったりする余裕もなく、永太はぎくしゃくと衣里と向きあった。

「……それで……衣里ちゃん……」

なかなか口火を切ろうとしない少女にとまどい、もう一度うながした。

「…………」

しかし衣里はなおも唇をかんだり、舌で唇を舐めたりと落ちつかない。何度も尻をもぞもぞとさせ、居心地悪げに座りなおす。

「えっと……衣里ちゃん、話って――」

「羽村さん」

ようやく、衣里は永太を呼んだ。

顔をあげ、思いつめたような表情でこちらを見る。

「ごめんね」

「……えっ」

それは思いがけない言葉だった。

まさかいきなり謝られるなどとは思っていない。

「衣里ちゃ――」

「全部……全部全部、あの人に頼まれてやったことだったんでしょ」

「――っ!」

永太は思わず目を見開いた。

そんな彼に、美少女はさらに言葉をつづける。

「それなのに、私ったらごめんなさい。知らなかったの。あの人が羽村さんに、そんなひどいことまでやらせていたなんて」

「衣里ちゃん……」

「ほんとにごめんね。ごめんね、羽村さん」

そう言うや、衣里は深々と頭を下げる。美しい黒髪がサラサラと、動きにあわせて艶やかに流れた。

「……聞いちゃったの、私」

「……聞いた？」

「…………」

「えっと……なにを」

そう聞くと、もう一度衣里は顔をあげた。

「昨日」

「……あっ」

思い当たることがあった。永太は息を呑んで衣里を見る。

衣里はうなずいた。

「ヒソヒソ話、してたでしょ、自販機の横で」

「衣里ちゃん……」

永太は衣里を見る。

少女の言うとおりだった。

たしかに昨夜、永太は団地とは離れた夜道にある自動販売機の脇で、緑川とよく冷えた緑茶を飲んだ。

会社帰りのことだった。

すでに日はとっぷりと暮れた時間帯。いっしょの電車に乗っていたらしい緑川に呼びとめられ「おごってやる」と言われた。

団地の周囲をはじめとした、人目につくところでは険悪な関係をよそおっていたが、そうではないところでは、緑川はこれまで以上に永太を気づかった。

おまえのおかげだよ、悪かったな、ありがとうなと礼を言い、会社にいるときなど、毎日のように昼食をおごってくれた。

スマートフォンを使ったチャットアプリのやりとりでも、何度も緑川は礼を言い、永太に世辞を言った。

内緒の情報もこっそりと話してきた。

永太にしてみれば、緑川の知らないところで彼の妻と関係を持ってしまったこともあり、内心複雑なものがあったが。

だから、自分のことをそんなに気づかう必要はないと、いつでも永太は緑川に言った。

だが緑川は「なにを言う」とさらにちやほやし、悪いな悪いなと言いながら、聞いてもいないのにこれからの計画を口頭で、チャットアプリで、永太に話した。

やはりあれ以来、衣里は緑川のことをすごく見なおしたようだ。

ふたりの距離は一気に縮まり、今度の休日には、衣里の好きなものを買うために、ふたりだけで買い物に行く約束もできたという。

もちろん、沙紀には内緒にしてだ。

あいつはあとで驚かせてやろう、あいつへのお土産も、ふたりで買わなきゃなと衣里には言ってあるらしい。

そして緑川の計画によれば、その日に衣里を自分のものにするつもりでいるという。

早く週末が来ないかとわくわくしながら洗車をし、しけこむホテルのあたりもようやくついたんだよと、下品な笑みを浮かべて緑川は、昨日永太に話したのだった。

まさか闇の向こう――すぐ近くに、こっそりとあとをつけてきた衣里がいるとも思わずに。

それは永太とて同じだったのだから偉そうなことは言えないが、ふたりがいっしょにいるのを見つけた衣里は不審に感じ、濃くなった闇を味方につけて、そっと接近して聞き耳を立てたのだという。

「知ってたよ、私まえから。あの人が私をこっそり見る目のいやらしさ」

いたたまれなさそうにうつむいて、衣里は言った。

「衣里ちゃん……」

「でも、そこまで悪い人だとは思わなかった。思いたくなかった。だってママが好きになった人なんだもん……」

自分に言って聞かせるように、衣里は言った。だがその言葉尻はか細くかすれ、涙まじりにふるえる。

「えぐっ……」

「ああ、衣里ちゃん……」

泣かないでと、永太は胸を締めつけられた。

衣里はうなだれ、小さな肩をふるわせる。ポタリ、ポタリと涙のしずくが、雨滴のように手の甲にしたたる。

「私を守ってくれたあの人を見て、私が感じてたような人じゃなかったんだ、よかったね、ママって思った。羽村さんとあんなことになっちゃったのはとっても悲しかったけど、ママとあの人と、三人で生きる未来に、ようやく明るい確信が持てた。それなのに……ひぐっ……」

「ごめんね、ごめんね」

謝ってどうなるものでもないとは思った。だが、衣里をこんな悲しみに突きおとした原因の一端は自分にもある。

猿芝居の片棒を担いだ片割れは、ほかの誰でもない。自分なのである。

「どうしよう……えぐっ……えぐっ……」

「ああ、そんな、衣里ちゃん……」

慟哭しはじめた衣里をじっと見てなどいられなかった。もらい泣きをして、こちらまで鼻の奥がつんとなる。

座布団から立ちあがり、小さなテーブルをまわった。正座をしたままうつむき、えぐえぐと泣きじゃくる少女のかたわらにしゃがみこむ。

抱きしめて、背中を撫でてやりたいと思った。甘酸っぱい父性本能で胸がいっぱいになり、どうにもせつない。

（うう……）

だが永太は、伸ばしかけた両手を止めた。自分なんかがこの娘に触れては、やはりいけないという思いがする。

沙紀との情事が鮮烈によみがえった。この娘の知らないところで、偉そうなことを言えない行為に身を染めている。

清廉潔白な、きれいな大人ではなかった。

だが——。

「抱きしめてよう」

嗚咽しながら、涙に濡れた声で衣里が言った。

「……えっ」

「えぐっ……ひぐっ……」

「衣里ちゃん……」

「抱きしめて。抱きしめてほしいよう」

「ああ、衣里ちゃん……衣里ちゃん」

「あああ……」

抱擁をねだる美少女に、ついに理性がはじけ飛んだ。

いても立ってもいられなくなる。衣里への秘密に心苦しさはあるものの、永太はギュッと脇から少女を抱きすくめた。

そのとたん、衣里は自らも永太を抱きしめ返す。

「衣里ちゃん」

「ああん。あああああん」

「ああ……」

まるで幼子のようだった。心にためこんでいたものを一気に爆発させるかのように、衣里は大声で号泣する。

ワイシャツの胸があたたかく濡れた。衣里は甘えるようにスリスリと小顔をふり、永太の胸に涙を擦りつけてくる。

髪から香る甘いアロマが鼻腔《びこう》に染み、脳髄にまでひろがった。

頭も胸もジンとしびれる。

(かわいい)

衣里の愛らしさに、胸がキュンとなった。

いい子、いい子をしてあげる。美しい髪を何度も撫で、もう片方の手でやさしく背中をさすってやる。

ひとしきり、衣里は泣きじゃくった。

永太は少女を抱きすくめ、髪を撫で、背中をポンポンとたたく。悲しみの嵐が乙女から去るのを、時間も気にせず、じっと待った。

すると——。

「羽村さん」

いきなり衣里が顔をあげた。

（……えっ）

……チュ。

（ええっ？）

永太はギョッと目を見張る。やはりこれは夢だったのかと、自分の頬をつねりたくなった。

だが、それも無理はない。

衣里が自ら、彼にキスをしてきたのだから。

「ちょ……衣里ちゃん……」

「羽村さん、羽村さん羽村さん、んっんんっ……」

……ピチャピチャ、チュッ、ピチャ。

（ええっ……お、おい。おおお……）

衣里は永太を抱きすくめ、あふれだす想いを訴えるかのようにして、彼の唇を求めてくる。

右へ左へと顔をふり、形のいい鼻孔から熱い鼻息を切れぎれにこぼし、肉厚の朱唇を彼に捧げる。

「うおお、衣里ちゃん……んああ……」

永太はたちまち、脳髄が溶解しはじめた。

当たりまえだ。

世界でいちばん愛する少女とキスをしているのだ。これで理性がとろけなければ、いったいいつとろけるときがあろう。

2

「よかった……うれしかった……」

「えっ」

チュパチュパと熱烈な接吻で永太に想いを伝えつつ、衣里は言った。

「羽村さんがひどい人じゃなくて」

「――っ。衣里ちゃん……」

「変だなって思ったの」

「……変？」

永太は眉をひそめる。衣里はうなずいた。

「だってあのとき……羽村さん、私を乱暴に押したおしたくせに、私の頭のうしろに手を添えてくれたでしょ」

「……あっ」

たしかにそうだった。

だがそのことを、少女が意識してくれていたただなんて。

「やっていることがちぐはぐで、なんだか不思議だった。でも……そういうことだったのかって……ようやく……」

「衣里ちゃん……」

「私……魅力ないかな」

「ええっ？」

「子供にしか、見えない？」

「いや、そんな……おおお……」

……ピチャピチャ、ちゅぱ。

ぎこちない接吻だった。技巧もなにもない。

緩急のつけかたもわからなければ、そこに舌が加わることもない。緊張感と恥じらいに満ちた、硬いキス。

だが、だからこそ感激した。

おそらく衣里にとっては、これが生まれてはじめてのキス。そんな貴重なものを、少女は自分なんかに捧げてくれたのだ。

こんな極悪な、誇れるものなどなにもない、薄汚れた大人に。

(しっかり生きなきゃ)

心から思った。

喜びと感激で胸が締めつけられるような思いがつのり、唇をかさねる娘に対するいとおしさが、どうにもならなくなってくる。

「ねえ、私……羽村さんみたいな大人には、女に見えない？」

「そんなことあるもんか」

口を放し、自分が真剣な顔つきになるのを自覚しつつ、永太は言った。

「まさか衣里ちゃんが、俺のこと、そんなふうに思っていてくれただなんて」

「羽村さん……」

「世界一かわいい」

「えっ……」

永太の言葉に、火照りかけていた衣里の小顔が、一気に赤さを増す。

「ほんとだよ。世界一きれいだ。世界一いとしい。嘘じゃない。はじめて逢《あ》ったときから、ずっとずっとずっと好きだった」

「羽村さん……」

「いいんだね、ずっと好きでいて。我慢しなくて……ああ、衣里ちゃん」

「むんぶぅ……アァン、羽村さん、んっんっ……」

……ちゅうちゅぱ、ピチャピチャ、ピチャレヂュプ、ピチャ。

そっとその場に横たわらせた。

脇からおおいかぶさり、あらためて口をかさねる。

今度はこちらが主導権をにぎった。灼熱《しゃくねつ》のキスをちゅぱちゅぱと、いとしい少女の唇に降りそそがせる。

「んはあぁ……羽村さん……」

「……いいの、かな」

唇による情交をひとしきりすませると、永太は衣里に聞いた。

夢ならどうかさめないでと、神にひれ伏したくなる。衣里にこんなことを聞ける日が来るだなんて、自分でも信じられなかった。

しかも——。

「……私なんかで……いいのなら」

天にも昇りたくなるかわいいことを、声をふるわせて美少女は言った。

「衣里ちゃん」

「がんばって大人になる。すぐになる」

「ああ……」

「羽村さんをがっかりさせないような大人になるから。だから待ってて。私、すぐに大人の女になって」

「ああ、衣里ちゃん！」

「んむぅンン……」

……ピチャピチャ、ちゅぱちゅぱ、ぢゅちゅ。

あまりにかわいくて、どうにかなってしまいそうだ。あふれだす歓喜と激情は、もはや自制不可能である。永太はたがはずれたように右へ左へと顔をふり、熱っぽいキスを何度も少女にくりだしていく。

（ちょっと待てよ）

ふと気になった。

今夜も玄関の内鍵はかけていない。未成年の少女を招じ入れたのだから、大人の男として当然のマナーだった。

即席のドアストッパー的なものをはさみ、ドアを開けておこうかとすら言ったほどである。

衣里がそんなことまでしなくていいと言ったためドアは閉めたが、ふいに誰かにたずねてこられたら、部屋の中の行為は隠しようがなかった。

大丈夫かなと気になったが、永太はもうこの娘から離れられない。ひとときだって離れたくなかった。

「ああ、衣里ちゃん、衣里ちゃん」

甘酸っぱい恋情を身体のふれあいに求める。キスをやめ、少女なのに色っぽい、白いうなじに接吻をした。

「きゃあああ」

「あっ……」

すると衣里は、強い電気でも流されたかのような悲鳴をあげる。

ビクンと派手に痙攣した。

ハッとなって、永太は衣里を見る。そうだった。あまりにうれしくて忘れていたが、この娘は……いや、この娘もまた——。

「あ、あの……えっと……」

自分にとまどっているのがよくわかった。衣里はオロオロしながら、なにか言おうとする。

無理もなかった。

自分の身体になにが起きたのか、間違いなくわかっていない。

「大丈夫だよ、ああ、衣里ちゃん」

清楚な美貌を引きつらせ、困惑する少女にさらに興奮が増した。永太は衣里を抱きすくめ、淫らな責めをつづけようとする。

「あ、あの、羽村さん、私——」

……チュッ。

「アアアアン、ちょ、ちょっと待って、ちょっと」

「待てない、衣里ちゃん、もう待てないよ。だって衣里ちゃんが、あんまりかわいくって……」

……チュチュッ。

「きゃあああ。ちょ、なにこれ……なにこれえ……」

……チュチュチュッ。

「ああああ」

「はぁはぁ……衣里ちゃん、ごめん。俺もうメチャメチャ興奮しちゃって」

間違いない。

やはり沙紀と血を分けた親子どうしのことはある。あの母親に流れる淫らなDNAは、可憐な少女の育ちざかりの身体もまた、同じような濃さで支配していた。

永太はうれしかった。

処女で痴女。

清楚なのに底なしスケベ。美しく淫らな国宝級少女。そんな貴重な女の子に好きになってもらえただなんて。

この娘の、誰にも見せたことのない本当の姿を、誰でもないこの自分が、あれもこれもと見ることができるだなんて。

3

「あっ、ちょ……羽村さん、あの、待って……待って……あああ……」

「待てない。待てない。はぁはぁはぁ」

一気に血液が沸騰し、尋常な精神状態ではなくなってくる。

衣里に許してもらえたばかりか、愛してくれていたことまで知らされた。湧きあがる多幸感は、淫らな昂りをともなってしまう。

「あぁン……」

とまどう少女におおいかぶさった。永太を見あげる両目には、これまで見たこともない、当惑の色がにじみだしている。

教えてやりたかった。大丈夫だとも言ってやりたい。知っているよ、衣里ちゃん。君ですら知らない君のこと、本当はよくわかっている。

そして、言ってあげたいんだ。

それも含めて、衣里ちゃんが好きでたまらないと――。

「あぁん、羽村さん、あの、私――」

「俺にまかせて。怖がらないで」

「あああ……」

未知の自分に気づき、衣里はパニックになっていた。予想もしなかった展開にうろたえ、いやいやと引きつった顔つきでかぶりをふる。

そんな姿にまで欲望をあおられた。

たまらず鼻息を荒らげる。十五歳も年下の女子高生のブラウス。そのボタンを上からひとつずつ、ふるえる指ではずしていく。

「ね、ねえ、羽村さ——」

「ああ、衣里ちゃん」

すべてのボタンをはずし終えると、永太はブラウスの布を左右に割りひらいた。

「きゃっ」

——ブルルンッ！

「いやああ……」

「うおお……」

そのとたん露になったのは、息づまるほど豊満な若々しい乳房。純白のブラジャーに包まれた見事なおっぱいが、たっぷたっぷと重たげにはずむ。

それは汗の香りだったか。それとも少女の体臭か。甘ったるいアロマが白い肌からふわりとのぼり、永太の鼻腔に染みわたる。

(もうだめだ)

「……いやっ。やっぱりだめ、羽村さん」

うわずったふるえ声で衣里が言った。恥ずかしそうに両手をクロスさせ、胸を隠そうとする。

しかし永太は、もう自分をごまかせない。

「衣里ちゃん、お願い。もう俺……」

「ごめんね、ごめんね……でも、やっぱり今日は」

「そんな。ああ、衣里ちゃん」

「ああン……」

永太はもう一度衣里を抱きすくめた。これまで耐えつづけてきたせつなさが、まがまがしい情欲に変質している。

「お願い、衣里ちゃん。もう俺……俺っ」

「でも」

「ああ、衣里ちゃ――」

「なにやってんだ、ごるぅあ！」

（あっ）

「きゃあああ」

ところが、事態は思わぬ方向にねじ曲がった。

いきなり緑川が飛びこんでくる。怒髪天を衝く顔つきで永太を罵倒した。

現れたのが義父だとわかり、衣里は悲鳴をあげる。あわてて胸に手をやり、横向きになってまるくなる。

「緑川さん、あの、どうして――」

緑川がなぜ訪ねてきたのか、わけがわからなかった。

団地内では犬猿の仲をよそおっている。それなのに部屋に来るなんて、どう考えても理由がわからない。

しかも、永太にとっては最悪のタイミング。

それとも、ここに衣里がいると知って飛びこんできたのか。だったらどうしてわかったのだろう。

「あの、緑川――」

「てめえええっ」

（げっ）

どうやら演技ではなさそうだ。緑川は怒鳴るや、つりあがった目を血走らせ、拳を固めて駆けよった。

「――ぶっほおおっ」

今夜も永太は、左頰を鉄拳でえぐられる。よけようと身をかわしたが、緑川のパンチはそれを許さなかった。

永太は不様に床へと吹っ飛ぶ。

「いてて……あ、あの、待ってください、緑川さん」

「ざけんじゃねえ。俺の娘になにしやがんだ」

「ぶほっ。ぶほおっ」

緑川は永太に馬乗りになった。

後輩の胸ぐらをつかみ、逆上した顔つきで拳をふるう。二発、三発、四発。立てつづけにパンチを喰《く》らい、永太は脳しんとうを起こしそうになる。

「ぐあっ……緑川、さん……」

「てめえどういうつもりだよ。ああ？　よりによって衣里に！」

「ぶっほおおっ」

胸ぐらをつかんで揺さぶられ、またしてもパンチを浴びせられる。

口の中が切れ、鉄のような味がひろがった。頭がぼうっとし、視界がかすみだす。

抵抗したくとも、身体から力が抜けていく。

「み……みど、り……」

「許さんぞ、きさま。この裏切りだけは……この裏切りだうわあああ」

（えっ）

とつぜん、鈍い音がひびいた。

またしても拳をふるおうとした緑川が、悲鳴をあげて頭を押さえる。

いったいなにごとだと、永太は目をパチクリとさせた。茫漠《ぼうばく》としかけていた意識を、意志の力で必死に戻そうとする。

すると――。

「ふざけないで。ふざけないでよ」

「ぎゃあああ」

「――っ。衣里ちゃん……」

緑川に襲いかかったのは、衣里であった。両手にレジ袋を持ち、義理の父親めがけて何度もふりおろしている。

コンビニで永太が買ってきた、ビールなどが入ったレジ袋ではないだろうか。

「ぐうぅ……」

緑川は頭を押さえ、永太から転がりおちた。

永太は叫ぶ。

「や、やめるんだ、衣里ちゃん。やめ――」

「どうして。ねえ、どうして」

「ぎょえええ」

しかし、またも少女は義理の父めがけ、緑茶やビールをふりおろした。

つまみのスナックの袋がはじけ、こなごなになった菓子が粉塵のようにあたりに舞いちる。

「衣里、いたたたた……」

「あなたに羽村さんを殴る権利があるの？　なに考えてるの！　ママのこと、もっと大事にしてよ。大事にしてよ！」

「いでででで」

衣里は感情を爆発させた。

涙まじりの声で、ヒステリックに叫ぶ。遠心力を利用したふりまわしかたで何度も白い袋を義理の父親にたたきつける。

（あああ……）

ブラウスの前は、はだけられたままだった。

激しい動きのせいで、白いブラジャーに包まれたGカップ乳が、ユッサユッサと艶めかしくはずむ。

踏んばる太腿が、健康的に肉をふるわせた。だが、そんなことに見とれている場合では、当たりまえだがまったくない。

「ばか。ばかばかばかばか」

……ドカン、ドカン。

「あだだだ……」

感情的な衣里の攻撃に、緑川は防戦一方だ。両手で頭をかかえこみ、胎児のようにまるくなってカーペットの上で七転八倒する。

「や、やめて、衣里ちゃん、やめて」

永太はかぶりをふって意識をしっかりさせた。なんとか立ちあがる。なおも緑川を攻撃しようとする衣里を必死になってはがいじめにする。

「放して」

「だめだ。もうやめよう」

衣里の手から袋が落ち、音を立てた。ぶちまけられた缶ビールが床を転がる。

(えっ)

衣里が、ギュッと永太の指をにぎった。白魚の指と永太の指がきつくからみあう。

「衣里ちゃ……あっ——」

衣里は自分の鞄を持ち、永太を引っぱった。

部屋を飛びだそうとしているようだ。

「衣里ちゃん」

「早く。早く」

「でも」

「早くってば」

とまどう永太に、少女は有無を言わせなかった。またしても強い力で引っぱられ、永太もついに覚悟を決める。

少女の意志にしたがうかたちになった。

手をとりあい、自分の部屋から飛びだした。

4

「あいたたた……」

ようやく嵐が去った。

静寂が戻ると、痛む頭や肩、背中を持てあましつつ、緑川は起きあがる。

「あの野郎……」

思いだすと、またもはらわたが煮えくりかえった。羽村が衣里を抱きすくめていた姿に、またも妬心をあおられる。

「どういうつもりだ、くそっ」

後輩に対し、緑川なりに礼は尽くしていたつもりだった。それなのにあっさり裏切られ、飼い犬に手をかまれたような気持ちになっている。

「冗談じゃねえぞ」

手に手をとって飛びだしていったふたりを思いだし、こんなことはしていられないと浮き足立った。

どうしてこんな展開になっているのかわからなかったが、ただひとつ、なぜだかわかることがある。

ほうっておいたら、あのふたりはすぐにでもセックスをするだろう。

緑川は焦燥感にかられた。

床から起きあがり、急いで玄関に向かおうとする。

「むだよ」

すると、とつぜん部屋に声がひびいた。

ギョッとして、緑川は声のするほうを見る。

「あっ……」

息を呑み、フリーズした。玄関の狭い三和土《たたき》に、その女性はいた。

「沙紀」

緑川の後妻は腕組みをし、壁にもたれていた。驚いて硬直する緑川を尻目に、あきれたように鼻を鳴らす。

「かわいそうじゃない」

「……えっ」

パンプスを脱ぎ、部屋にあがった。六畳間の部屋に入ると、散らかったものを身をかがめて拾いあげ、片づけをはじめる。

「ひどいことさせて、たいせつな後輩に」

「――っ。沙紀……」

緑川は、片づけをはじめた沙紀を息を呑んで見た。沙紀はなにも言わなかったが、ぞわぞわと背すじに鳥肌が駆けあがる。

「な、なんのことだよ」

しかしそれでも、すっとぼけた。

すべてを認めてしまったら、代償はあまりに大きい。広い団地の部屋。ぽつんとひとりでわびしい食事をする自分の姿が鮮明に見える。

「…………」

「なんのことだよ、沙紀。俺には、な、なな、なにを言ってるんだか――」

「スマホを見たの」

「……えっ！」

「だってあなたのパスコード、ばかみたいにわかりやすいんだもん」

緑川は動転した。

スマートフォンのパスコードにしているのは、自分の誕生日だった。

「でもね、なんて言うんだっけ……スパイアプリ？」

「――っ！　沙紀……」

「あの娘の位置情報とか、チャットやメールのやりとりまでこっそり見られるようにしたのは、いくらなんでもやりすぎなんじゃない？」

「お、おまえ……どうして……」

「だって変なアプリが入ってるんだもん。なんだろうって思うじゃない。だから、調べたの。あきれたわ、ほんと」

緑川は心で天を仰いだ。万事休す。どうやら彼の企《たくら》みは、すべてが筒抜けだったようだ。

「気がつかなかったの？　このごろ私が、ずっとあなたの行動をチェックしてたの」

「いや、えっと……」

ズバリつっこまれ、返事に窮した。

はっきり言って、ノーマーク。舐めていた。

「母親は強いのよ。娘の幸せのためならなんでもする。スパイアプリなんてなくてもだいたいわかるもの、あの娘のことは」

「あ……」

散らばったものを片づけると、沙紀は押し入れを開けた。そこから掃除機をとりだす。

「他人の部屋なのに……ずいぶんくわしいな」

「は」

「いや、だって……掃除機、どこにあるのかすぐにわかって……」

「ほかにどこにあるっていうのよ」

素朴な疑問を口にすると、あきれたように沙紀は言った。

掃除機を床に置き、つかつかと緑川に近づいてくる。

「うっ……」

緑川はたじたじと後退した。

そんな彼の前に立ち、沙紀は両手を腰に当てる。

「好きにさせてやって、あの子」

「……えっ」

「…………」

「沙紀」

「あなたには無理、あの子は」

「くぅ……」

身の置きどころがなかった。

なんともいたたまれない。

高校生のころスーパーで万引きをし、事務室に連れていかれたときの感情がまざまざとよみがえってくる。

むなしさ、恥ずかしさ、申しわけなさ、そして――恐怖。

ぐうの音も出ないとは、まさにこのことだ。

「母娘どんぶり？　そう言うんだっけ」

眉間に皺《しわ》を寄せ、思いだす顔つきになって、沙紀は言った。

「えっ」

「そんなのいやですからね、私。あの子はあの子、私は私。あなた本気で、あの子を自分のものにできるなんて思っていたの」

「いや、あの……」

「目をさましなさい」

沙紀はさらに一歩、緑川に近づいた。

その気になればキスさえ可能な距離。真剣な目つきで見あげている妻に、緑川は言葉もない。

「穴があったら入りたいって顔ね」

揶揄するようなジト目になって沙紀は言った。

「沙紀、俺……」

「ここにあるじゃない」

そう言うと、沙紀は緑川を抱きしめた。せつない力をにじませて、彼を抱擁する。

「――っ。沙紀……」

「あなたが入れる穴、ここにある。それじゃだめなの。ねえ、もう私のことなんてどうでもいいの」

「そ、そんな……」

「あの子はあなたの好きにさせない。なにがあろうと」

決意を秘めた声で、沙紀は言った。

先ほどまでとは別の意味で、緑川は鳥肌が立つ。

「でも」

沙紀がこちらを見あげた。

色っぽく両目が濡れ、唇に淫靡な笑みを浮かべている。

「私のことは、いつだって好きにしていいのよ」

「沙紀……」

「あなたの穴よ。私のここにあるのは、あなたの穴」

沙紀はそう言うと緑川の手をとり、自分の股間に導いた。

はいていたのは、レオパード柄のフレアスカート。自らスカートをたくしあげ、パンティのもっとも繊細な部分に夫の指を押しつける。

……ふにゅり。

「アン……」

「おおお……」

「入って。恥ずかしいんでしょ。穴があったらって気分でしょ。あるわよ、ここに」

「ゆ、許して……くれるのか……」

緑川は鼻の奥がツンとした。

衣里を連れて出ていきますと言われても、文句も言えない立場。それなのに沙紀は、彼を受け入れようとしている。

「ただし……衣里はもう家には置いておけないわね」

「沙紀」

「あなただってつらいでしょ、衣里がそばにいたら。私もつらいもの。つまり、誰にとっても、あの娘が出ていくのはもう決定事項。文句は言わせない」

交換条件のように沙紀は言った。

「知らなかったでしょ、あのふたり、相思相愛よ」

「ソウシソウアイ？」

「………」

「ええっ？」

緑川は仰天した。

冗談だろうと沙紀を見る。だが妻の顔は、真剣そのものだ。

「これだから男って生き物は。ンフフ……だからね、もうやめなさい。あなたなんて、出る幕ないんだから」

そう言って、もう一度緑川を抱きすくめる。

そうだったのかと緑川は愕然とした。自分はなんと野暮なまねをしたのだったか。

やはり――穴があったら入るしかない。

「許して……くれるんだな……」

ばかなことを夢見たと、本気で思った。忘れていた。自分のそばにはこんないい女が、両手をひろげて待っていてくれたのに。

大ばか野郎は永太ではなかった。

自分こそがばかだった。

こいつは最高にいい女で、俺が入れるいやらしい穴を股のつけ根に隠していて、しかも……しかも——最高の母親だ。

「沙紀……」

「あぁぁん……」

人の家だというのに、緑川は愛する痴女妻にふるいついた。

「あなた、私、これから掃除機——」

「悪いことしちまった、羽村に」

あふれ出す思いのかぎりを、妻を抱く全身にこめて、緑川は言った。

「まずかったなあ」

「………」

すると沙紀は、自らも夫の背中に手をまわし、ポンポンとたたく。

「大丈夫よ」

安心なさいと言うような、頼もしい口調で、彼の愛する妻は言った。

「羽村さんには、ちゃんとお詫びしてあるから」

第五章　悪魔の肉体

1

（信じられない、とうとうこんなときが……）

熱いシャワーを浴びながら、永太は胸を熱くした。文字どおり、とるものもとりあえず部屋を飛びだし、衣里とふたりでたどりついた。

ふたりきりになりたいと、かわいい少女に涙目で言われた。だがふたりきりになれる場所など、そうどこにでもあるわけではない。

本当にこんなことをしてよいのかという思いはあった。

電車に乗って会社のある街まで戻った永太は、未成年の女子高生とラブホテルにチエックインをした。

先日、真帆と入ったのとは別のホテル。

はっきり言って、前回より格段に安っぽい。金さえあれば、間違っても利用しようなどとは思わない安ホテルだ。

だが、永太は財布さえ持たずに飛びだしてしまった。

男としても、年上の大人としても面目なかったが、今は衣里の財布にある金を頼りにするよりない。

今日の借りは必ず返すからと心に誓い、衣里にもしっかりと約束をして、とにもかくにも、こうなった――。

(緊張する)

シャワーを止める。永太は浴室を出た。

バスタオルをとり、身体をぬぐう。大きくふうと息をつく。

きしむドアを開けて外に出た。

脱衣所をあとにすれば、もうそこはベッドしかない、そうした行為をやるためだけの淫靡な部屋だ。

すでに明かりは落とされ、濃い闇に包まれていた。

部屋のほとんどを占める大きなベッドの布団にもぐり、衣里はこちらに背を向け、横臥している。

強烈なカビの臭《にお》いを嗅いで、衣里への申しわけなさがつのる。できることならもっと素敵なホテルで、一生の思い出を作ってやりたかった。

衣里は先にシャワーを浴びていた。

ここに来るまではちょっとした興奮状態だったが、風呂からあがり、裸身にバスタオルを巻いて出てきたときには、永太と目をあわせることさえ恥じらうようになっていた。

義父を殴りとばした昂揚《こうよう》感は、熱いシャワーできれいさっぱり流されていた。代わりに心のおもてに出てきたのは、処女の娘らしい恥じらいと緊張、そして、たぶん恐怖だろう。

だが、もうあと戻りはできない。

永太はもちろん、衣里だって。

「…………」

身体をぬぐい終わったバスタオルを、そっと床に落とした。

湯あがりの、一糸まとわぬ全裸姿。すでに股間の一物は、臆面もなく反りかえっている。

熱い血潮をみなぎらせ、ドクン、ドクンと脈動した。

ぷっくりとふくらむ亀頭の先からは、早くも濃いめのカウパーを、とろり、とろとろとにじませている。

「衣里ちゃん……」

「うっ……」

かけ布団をあげ、衣里の隣に裸身をすべらせた。少女はむちむちした裸にバスタオルを巻いたまま、こちらに背を向けている。

抱きしめないではいられなかった。永太はうしろから身体をくっつけ、そっと少女を抱擁する。

「はうう……羽村さん……」

「衣里ちゃん、愛してる」

「ああ……」

ずっと。

ずっとずっと伝えたかった言葉を、永太は口にした。衣里がうっとりと目を閉じ、のけぞるようなしぐさをする。

言葉を口にすると同時に、ますます獰猛でせつない力が増した。永太はさらに強く衣里を抱きしめる。

「はうう……あ、あの……羽村さん……」

緊張した様子で、衣里が声をふるわせた。

「……えっ」

「くぅ……」

「……どうしたの」

なにか言いたそうにしながら、衣里は肉厚の朱唇をかむ。永太は背後からその顔をのぞき、ささやき声で聞いた。

「うっ……あの……あのね……」

衣里は心臓の鼓動がすごかった。

密着させた身体を通じ、永太はとくとくと早鐘さながらに拍動する、十六歳の少女の心臓を感じる。

「うん……」

「き、嫌いに……ならないでね……」

「えっ」

蚊の鳴くような声で衣里は言った。

どういうことなの。そう問いかけるつもりでさらにのぞきこむと、首をすくめ、いたたまれなさそうに目を閉じる。

「私、怖い」

「衣里ちゃん……」

「みんな、そうなのかな……こういうこと、私はじめてだから……えっとね……あのね……羽村さんの、知らない私を、み、見られて、しまいそうな――」

「ああ、衣里ちゃん」

……チュッ。

「ヒイイィン」

黒髪をあげて、うなじを露出させるや、そこに口づけた。それだけで衣里はとり乱した声をあげ、感電でもしたかのように痙攣する。

「あああ……あの……私――」

「大丈夫。大丈夫だから。んっ……」

……チュチュッ。

「ハヒイイィ……ああ……えっと、ごめんね、だから――」

「いいから、なにも言わなくていい」

かわいくてかわいくて、おかしくなってしまいそうだ。

衣里が不安に思っていることが、永太にはよくわかった。

初体験なのだから、ただでさえ不安だったり怖かったりするのが当たりまえ。だが、彼女の場合はほかにもある。

おそらく数時間前に永太の部屋で体験した、思いがけないできごとも不安要素になっているはずだ。

自分ですら知らなかった、悪魔のような肉体。

おのれの魂がそんないやらしい身体に入っていたことに、はじめて衣里は気づいたのではなかったか。

そしてそれは、激しく少女を当惑させたに違いない。

だが、永太は言う。

「大丈夫、怖がらなくても……感じるままにして、衣里ちゃん。んっ……」

……れろれろ、れろん。

「うあああ。ああ、やめて、羽村さん。どうしよう。それ、私……あああ……い、いや、私ったら、恥ずかしい……！」

背後から抱きすくめ、白いうなじに舌をはわせた。

やはり、ものすごい感度である。

衣里はビクビクと、育ちざかりの肢体をふるわせる。首すじから頬にかけ、ぶわりと大粒の鳥肌が立つ。

感じるのだ。

それはもう、自分でも信じられないほど。

いたいけな少女はそんな自分にとまどい、おびえ、必死に体裁をたもとうとする。

「はぁはぁ……あの……えっと……はぁはぁはぁ……私、今日はなんだか、すごく感じちゃうみたいで――」

「今日だけじゃないよね」

……ねろねろねろ。

「うあああ。羽村さあん……」

「いいんだよ、そんなこと言わなくて。感じて、衣里ちゃん。いっぱい感じて」

「でも」

「見たいんだ。本能のまま感じる衣里ちゃんが」

「きゃっ」

……ぷにゅう。

「ヒイイィン。ハァン、羽村さん……」

（やっぱり大きい）

ついに永太は、衣里からバスタオルをとった。剝きだしになった女体に背後から手をまわし、豊満な乳房を鷲づかみにする。

とうとうこの手にできた。

Gカップおっぱいはズシリと重たげなボリュームと、みずみずしさあふれる硬質な触感で永太を舞いあがらせる。

「はぁはぁ……衣里ちゃん、衣里ちゃん……」

……もにゅもにゅ。スリスリ、スリッ。

「キャヒイィ。あっあっ、いや、私ったら変な声……ちょ、ちょっと待って、羽村さん……待って待って……」

「もう待てない。無理。限界だよ、衣里ちゃん。ああ、愛してる」

「ヒイィン。ヒイイィン」

グニグニと、せりあげる手つきでたわわな乳を揉みしだき、若々しい乳におのが指を食いこませた。

全体に乳房が張っている。すごい弾力で、永太の指を押しかえすようにしてしなやかにはずむ。

真帆の乳房も張っていたが、彼女より三歳ほど若いぶん、衣里のおっぱいはさらなる青い果実感に満ちていた。

芯の部分にほぐれきらないこわばりを持ち、揉めば揉むほどさらに張る。この年ごろの女の子のおっぱいにしかないであろう得も言われぬ触感に、こちらまで青年に還《かえ》るような気持ちになる。

しかも衣里の場合、おぼえる魅力は乳房の大きさや手ざわりだけではない。

「ヒイィン。ンッヒイイィ」

伸ばした指でビン、ビン、ビビンとふたつの乳首を擦って倒した。

そのたび衣里は、彼女とも思えないとり乱した声をあげ、おもしろいほど肢体を痙攣させる。

かわいいのは、そうやって我を忘れて感じてしまったあとの反応だ。ハッと我に返り、恥ずかしそうな、困ったような、なんとも言えない表情になる。

朱唇をかみ、ギュッと目を閉じ、いやいやとかぶりをふる横顔に父性本能を刺激される。

（熱くなってきた）

湯冷めをし、一度は冷えかけていたらしい少女の身体がたちまち熱を帯びてきた。密着した身体に伝わる少女の体温に、これまた生々しい昂りをおぼえる。

2

「衣里ちゃん、衣里ちゃん」

……スリッ。スリスリ、スリッ。

「ヒイィン。ああ、どうしよう。恥ずかしいよう。私ったら、エッチな声……」

「いいんだ、それでいいんだ。ねえ、もっと感じて」

……もにゅもにゅ。スリスリ、スリッ。

「きゃあああ。あっあっ、だめ。だめだめ。いやン、恥ずかしいよう、いやいや」

「衣里ちゃん……」

……チュッ。

「キャヒイイィ」

ねちっこい手つきで豊満な乳を揉みこね、乳首を擦りたおす。

またしても首すじにキスをすれば、衣里はさらにとり乱した声をあげ、背すじを反らして痙攣する。

（もうたまらん）

「ああ、衣里ちゃん」

「ハアアァン……」

永太はますます昂りが増してきた。衣里を仰臥させる。体勢を変え、そっと少女におおいかぶさる。

「衣里ちゃん、もう俺、おかしくなりそうだよ」

「んあああ。羽村さん、アアァン……」

ついに永太は、Gカップ乳の全貌をその目にとらえた。それはまさに、見ているだけでペニスの勃起度がさらに増す、極上級の乳房である。

小玉スイカか、マスクメロンか。はちきれんばかりの迫力とともに、ふたつのふくらみがまんまるに盛りあがっている。

まるい乳の頂をいろどるのは、期待や想像を軽やかに凌駕《りょうが》するセクシーな眺め。

衣里の乳輪は西洋の女性を思わせるピンク色だ。しかも決して毒々しい色ではなく、淡くてはかなげな色合いである。

（しかも……デカ乳輪！）

そのうえ意外な乳輪は、さらなるサプライズを用意していた。

なんとかなりの大きさで、直径四センチか五センチぐらいはあるだろう。白い乳肌から、鏡餅のように盛りあがっている。

薄桃色の乳輪、その中央に鎮座するのは、やや大ぶりにも見える乳首である。永太にあやされたそれはすでにビンビンに勃起し、甘みを増しはじめたサクランボのように身を引きしめていた。乳首の周囲には気泡のように、いくつかのつぶつぶがいやらしく浮きあがっている。

「衣里ちゃん、んっ……」

「きゃあああ」

あらためて両手で乳をつかみ、片房の頂を口にふくんだ。

れろんと舌でひと舐めするや、それだけで衣里は我を忘れた声をあげる。ビクビクと裸身をふるわせる。

顔を見られるのを恥じらうように、右へ左へと小顔をふった。

首すじが引きつり、清楚な美貌に狼狽の色がにじむ。早くもとんでもないことになってきた身体を、けれど少女はどうにもできない。

しかもまだ、この子は生娘なのである。

破瓜さえすませていないのに、美しい少女は肉体で荒れくるう不条理なまでの快感に羞恥と嫌悪、恐怖をおぼえている。

「いや。いやいやいや。ねえ、みんなこんななの。みんな、ほんとにこんな……こんな……ねえ、羽村さん、あっあっ。あっあっあっ」

「はぁはぁ……そんなこと気にしないで。衣里ちゃんは衣里ちゃんじゃないか」

「でも、うあああぁ」

衣里の気持ちはよくわかった。

だが男とは——いや、自分という男はなんといやらしいのだろう。

日ごろは近寄りがたい、清楚な和風美少女。めったにお目にかかれない、極上級の大和撫子がここにいた。

しかもこの大和撫子はただ美しく、身体がむちむちしているだけではない。

偏差値の高い名門女子校でも上位をきそう、神から二物も三物もあたえられた特別な少女なのだった。

それなのに、神様はなんといたずら好きなおかたなのか。完璧に思える可憐な少女に、さらには痴女の肉体までお与えになった。

やはり、完璧。

選ばれた乙女。

こんな女の子、どこを探してもそうはいない。

恥じらわせ、泣かせ、そして、獣のようによがらせずにはいられなかった。本人ですら知らなかった、誰にもないしょのこの娘が見たかった。

「ハアァン、羽村さん、恥ずかしいよう、恥ずかしいよう。あっあっ、ハアアァン」

「感じるんでしょ、メチャメチャ」

「——っ。羽村さ……」

「信じられないぐらい感じちゃって、とまどってるんだよね」

「し、知らない、知らない知らない」

「もっと見せて。んっ……」

……れろん。

「うあああ。ああ、困る……」

「見せて、こんな衣里ちゃんが大好きなんだ。大好きで大好きでどうにかなりそうだ。んっんっ……」

……れろれろ、ピチャピチャ、れろん。

「うああ。うあああああ、ああ、困る。困る困る……うあああああ」

「はぁはぁ。はぁはぁはぁ」

言葉は魔法だ。

心からの想いを言葉にして責めると、永太はますます興奮した。

股間の勃起はさらに硬さと大きさを増し、俺の出番はまだなのかと、ビクン、ビクンとししおどしのようにしなっている。

「あぁン、羽村さん……ああ、そんなに舐めたら……うああ。うあああああ」

「愛してる。愛してるんだ。ねえ、恥ずかしがらないで、もっと見せて、俺だけに、俺だけに、誰にも見せない衣里ちゃんを」

「羽村さん、羽村さん、あっあっ。あっあっあっ。うあああああ」

言葉は魔法だ。

そして、媚薬《びやく》でもある。

愛の言葉を語りかけながらの永太の責めに、衣里もまた淫らに昂り、陥落しはじめる。

「あっあっ、あああ、羽村さん、羽村さん。あっあっ、あああああ」

（すごい。痴女だ。こんなかわいい子が、ほんとに痴女だ）

永太は快哉《かいさい》を叫びたくなった。

乳を揉み、乳房の頂に吸いついて、ちゅうちゅうと音を立てて乳を吸った。

舌で乳首を舐めころがし、サディスティックにはじきもし、少女への愛を獣に還って熱烈に伝える。

そんな永太の責めに、衣里は狂いはじめた。

恥じらいつつも、とまどいつつも、それらを凌駕する嵐のような劣情に、身も心も溺れていく。

（よおし）

「衣里ちゃん」

それは賭けだった。だが、永太は試してみたくなる。機は熟したと本能で察した。衣里に抱きつき、耳もとに口を押しつけた。

「きゃん、羽村さ――」

「オマ×コ、舐めてもいい？」

「……えっ！　ハアァン、羽村さん……」

案の定、衣里はギョッとした。フリーズしたように硬直する。

「あっあっ。ハアァン。ウッハアアア」

だが永太が乳をつかんでいやらしくまさぐり、スリスリと執拗に乳首をあやすと、もう痴情をこらえきれない。

永太は理性と性感の双方に、淫らな官能のくさびを打ちこむ。

「オマ×コ舐めたい」

「羽村さん」

「衣里ちゃんのお股にある、いやらしいオマ×コ。オマ×コ」

「はぁァン、羽村さん、そんな言いかた――」

「オマ×コ」

「あああああ」

耳の穴に口を押しつけ、熱っぽく、ねちっこく、吐息とともにささやいた。

衣里は完全な覚醒をはじめていた。

十六歳の肉体に、さかんに鳥肌を立たせていた痴女の血が、逆流でもはじめたかのような勢いでさらに少女を翻弄する。

血液はグツグツと、沸騰もしていた。

煮えたぎっていた。

灼熱の血液が痴女ならではの媚薬と化し、少女の体内に染みひろがり、理性を、道徳を、恥じらいを、恐れを奪いさっていく。

「うあああ、羽村さあああん」

「オマ×コ。衣里ちゃんのオマ×コ」

「ああああ。どうしよう。感じちゃう。恥ずかしいけど私……私、ああああ」

「オマ×コ、舐めたかった。衣里ちゃんのオマ×コ」

「やめてよう、やめてよう。ゾクゾクしちゃうようううあああああ」

「オマ×コ」

「あああ。どうしよう、あああ。興奮しちゃう。変だよう。エッチな言葉に感じちゃう。こんなのいやなのに、いやなのに、きゃあああ」

それは、不意打ちとしか言いようのない動きだった。かけていた布団を蹴散らすや、永太はいきなり衣里の裸体から下降する。

反射的に衣里は腿を閉じようとした。

しかし、永太は許さない。強引に両足の間に陣どるや、あらがおうとする少女の足を二本ともすくいあげる。

「いやあああ」

いやがる衣里によけい興奮をあおられながら、あばれる両足を割り開いた。おのが体重を乗せ、上品な少女に身もふたもないガニ股開脚の恥辱を強いる。

「おおお、衣里ちゃん……」

少女の恥部がなにひとつさえぎるもののないかたちで、アップでせまった。

(すごい)

これまた想像もしなかった眼福ものの絶景。永太は息を吞み、圧巻の恥肉に目とハートを奪われる。

(なんてことだ……マ×毛がボーボー!)

よもや清楚な少女が股のつけ根に、こんな恥毛の園を隠しているとは思わなかった。

剛毛。マングローブの森のような。

おそらく生まれてから一度だって、処理などしていないに違いない。

縮れた黒い毛が自然のまま、大福餅を思わせるやわらかな秘丘にしげり放題しげっている。

そんな剛毛繁茂の下部に、乙女のワレメはあった。

やはり、すでに濡れている。

処女だというのに肉厚のビラビラをべろんとひろげ、ピンクの膣粘膜をつつしみもなく露出している。

蓮の花の形をした粘膜湿地は、かなり小ぶりだ。サーモンピンクに思えるあでやかな粘膜が濡れそぼり、いまだ男を知らない膣穴が、水面に飛びだした鯉《こい》の口ように、ヒクン、ヒクンと開いたり閉じたりをくり返す。

しかも——。

……ブチュ、ブチュブチュ。

「ハアァァン……だめぇぇ……」

「おおお、衣里ちゃん……」

膣穴が開閉するたび愛蜜が、湧きでる泉さながらに膣のおもてにあふれだしてくる。愛液はかなり濃厚だ。まるで蜂蜜のようにも見える。

柑橘系のアロマが蒸気のように沸き立ち、感激して見つめる永太の顔を、からかうようにふわりと撫でる。

「いやあ。見ないでよう、見ないでよう、あああああ」

いまだバージンの娘にしてみれば、まさにこれは羞恥プレイ。しかも永太は、乙女をつぶれたカエルのようなガニ股姿におとしめていた。もっちりと健康的な二本の足は、品のないガニ股のまま胴体の真横に並んでいる。

「こ、これはたまらない。んっ……」

ゾクゾクと全身に鳥肌が立った。永太は息すらできない心地で舌を突きだし、衣里の女陰に挨拶がわりのクンニをする。

……ピチャ。

「うんあああ」

「えっ……」

……ビクン、ビクン。

(嘘だろう)

永太は唖然とした。

とうとうこの目にできた衣里の局部。

衝きあげられるような激情のまま舌を突きだし、ワレメにズブリと舌を刺せば、それだけで衣里はあえなく達した。

3

「衣里ちゃん……」

「ち、違うの……はう、はうう……これは……これは……あっ……ああ……」

衣里は恥じらった。アクメに達したことは事実なのに、言いわけをしようとした。そんな少女がいとおしくてならない。

「おおお、衣里ちゃん」

……ピチャピチャピチャ。

「うあああ。やめて、やめでえええ。舐めないで。なめぢゃだめだめあああああ」

(おかしくなってきた)

いよいよかも、と永太は感激した。

この声は、もう複数回耳にしている。

真帆が、沙紀が、我を忘れて歓喜にむせぶや、すべての言葉を濁音にして、恥も外聞もない世界に突入した。

やはりこの子もだった。彼女たちの仲間だった。

しかも、痴女なのに処女。

つまり今しか永太の前にいてくれない、かけがえのないお宝もののヴィーナス。

うれしかった。幸せだった。

永太は、はぁはぁと息を荒らげ、怒濤の舌責めをお見舞いする。

「衣里ちゃん……んっんっ……衣里ちゃん……」

……ピチャピチャ、ねろねろ、ねろん。

「あああ。うあああああ。だめだめだめえ。なにごれ、なにごれええうあああ」

衣里は品のない姿のまま、派手に裸身をバウンドさせ、右へ左へと身をよじった。

永太の唾液で濡れたままのおっぱいが、ブルン、ブルンと円を描いて変形する。

「気持ちいい、衣里ちゃん？　オマ×コ気持ちいい？　んっんっ」

「うあああ、いやあ、そんなごどぎがないでそんなごどあああ。あああああ」

「あっ……」

……ビクン、ビクン、ビクン。

「おお、衣里ちゃん……」

「ちが、う……違うぅ……ハアァン……」

すると、またしても衣里はアクメに吹っ飛んだ。

ようやく両足を解放すると、陸揚げされた魚のように勢いよく跳ねる。痴女に生まれた悦びを、誰はばかることなく謳歌《おうか》する。

首すじが引きつっていた。

なんの音かと思えば、美少女が歯ぎしりをする音である。

「ぐぅ、ぐぅ、ぐううぅ……」

衣里の朱唇からもれている声とは思えなかった。いつもキュートに笑う女の子が、完全に別人になっている。

両目を見開き、歯ぎしりをし、右へ左へと小顔をふって美しい髪を乱しに乱す。品のない痙攣は終わらない。お腹《なか》の肉がかわいくふるえ、太腿がブルブルとさかんに揺れる。

衣里は股間を隠す余裕さえ失っていた。ばたつく両足がついつい開く。

そのとたん、鯨が潮でも噴くように、まるだしになった媚肉から水鉄砲さながらの眺めで、透明な潮がピュピュッと散る。

(もうだめだ)

「衣里ちゃん、挿れるよ。ねえ、いいんだよね」

「おう、おう……羽村さん、おおう……」

もしかしたらこの子は母親の沙紀より、あるいは真帆より、さらに上をいく痴女かもしれない。永太は思った。

「おう、おおう、くふぅん……」

クンニだけで達した娘は永太の問いに答えることさえ、もはやできない。

日ごろの清楚な、奥ゆかしいあの子はどこへやら。

あらためて脚を開かせ、挿入の態勢に入ろうとしても、まだアクメから抜けきれず、カチカチと上下の歯を打ちならす。

「おおう、おおお、う……羽村、さん……」

「い、挿れるよ、ごめんね、挿れるよ。いいんだよね。ねえ、いいね」

態勢をととのえ、猛る勃起を手にとるや、亀頭の位置を調整した。ぬめるワレメにグッと押しつけ、あとは腰を突きだすばかりだ。

「いいよね。ねえ、いいね」

しかし、衣里は答えない。

「おう……おおおう……」

(もう我慢できない)

「ああ、衣里ちゃん！」

——ヌプッ！

「うあああ」

「ああ、狭い……！」

辛抱たまらず、ついに永太は腰を前に押しだした。窮屈な肉路を全方向に押しひろげ、亀頭が、棹が、処女の胎道についに飛びこむ。

「い、痛い……羽村さん、痛いよう……」

「あっ……」

すると、いきなり衣里は、いつもの楚々とした少女に戻った。

痛みに美貌をしかめ、眉間に皺をよせ、今にも泣きそうな顔つきになっている。

(どうしよう)

胸を締めつけられるような思いがした。痛い思いをさせるのは、当たりまえだが本望ではない。

だが永太は、この先の展開に希望を持つ。

痛いとしても、ほんのわずかな間のことだと信じたかった。そしてその先には……そう、その先には——。

「ごめんね、衣里ちゃん。我慢できる？ ほんのちょっとの間だけ。くっ……」

——ヌプヌプッ！

「あああああ、痛い、痛いいい……」

「ごめんね、ごめんね。ごめん……」

——ヌプヌプヌプッ！

「うあああ」

（ああ、入った……）

ついに永太は、根もとまでペニスを膣に挿入した。

みずみずしさあふれる淫肉が、鳥肌が立つようなフィット感とともに、うずく肉棒にあちらからこちらから吸いついてくる。

「うう、痛い……」

やはり、衣里は痛がった。しがみつくように永太に抱きつき、悲痛な声で言って首すじに顔を埋めてくる。

（ああ、俺、とうとう……）

永太は罪悪感にかられつつも、感無量な心地になった。

なんの取り柄もない自分のような男が、ついにこんな素敵な少女の処女をもらうことができたのだ。

しかもこのかわいい美少女は、こんな自分を愛してくれている。

（衣里ちゃん）

がんばらなくてはと、心から思った。この子がいてくれたらどんなたいへんな道でも進んでいける気がした。

少なくとも自分は、この子に恥ずかしくない大人にならなければならない。

「ああ、衣里ちゃん」

……ぐぢゅる。

「い、痛い。痛いよう」

永太は腰を使いはじめた。もちろん、最初はソフトにだ。

しかし、衣里は痛がった。

父性本能を刺激するせつない声をあげ、全力でむしゃぶりついてくる。

「痛いよう、羽村さん、痛いよう」

「ごめんね、ごめんね、あと少しだから……」

……ぐぢゅる、ぬぢゅる。

「うあああ、痛い……」

「ごめんね、衣里ちゃん……我慢できない？」

……ぬちょ、グチョ。ずちょちょ。

「ああ、い、いた、い……いた……ああ……」

（……ん？）

「衣里ちゃん……」

……ズチョ、ニチャ、ねちょ。ぐちゅるぷ、ねちょ。

「あああああ……」

（……おお？）

「衣里、ちゃん……？」

衣里の反応に、微妙な変化を永太は感じた。いけそうかと胸を躍らせ、少しずつ、腰の動きを荒々しくしていく。

……ぐぢょ、ぬぢゅる。グチョチョッ。

「あああああ、あの……あの――」

「衣里ちゃん、衣里ちゃん」

……ズチョズチョ！　グチョグチョグチョ！

「うあああ。ああああああ」

（き、来た。来た、来た、来た）

永太はまたも鳥肌を立てる。

衣里の反応に、いよいよあきらかな変化があった。

4

「はぁはぁ。衣里ちゃん、衣里ちゃん」

「あっああ、は、羽村さん、ああ、いや、恥ずかしい。うああ。あああああ」

破瓜の痛みのせいで一度はダウンした酩酊《めいてい》感が、ふたたび勢いをとり戻してくる。痛み一色に染まっていたはずの可憐な美貌に、またもや不穏な気配が忍びよった。

間違いない。まだいくらか、痛みはあるだろう。だがそれ以上に強烈な快感が、いよいよ本格的に少女の肉体をむしばみだしている。

「羽村さん、あっあっ、いや、ああ、すごい、うあ。うああ。うあああああ」

「おお、衣里ちゃん、はぁはぁはぁ」

……バツン、バツン。

「ああ、気持ちいいよう、羽村さん、あああ、気持ちよくなってきちゃった。恥ずかしい、恥ずかしい。でもでもうあああ」

(最高だ)

いよいよ狂乱のていを示しはじめた乙女に、永太もまた昂った。

ペニスの感度がいやでも増す。

ぬめるヒダヒダにカリ首を擦りつけるたび、甘酸っぱい快感が火花のようにひらめく。口の中に唾液が湧き、歯茎がじゅわんと快くしびれる。

「衣里ちゃん、愛してる。好きだよ、大好きだ」

永太は言い、上体を起こして性器の結合部を見た。

掘りだしたばかりのサツマイモのような男根が、小さな肉穴にズッポリと刺さっていた。衣里の膣穴は肉皮を極限まで突っぱらせ、野太い極太を苦しそうに受け入れている。

性器と性器がくっついたところから、破瓜の赤い血があふれだしていた。

鮮血は永太の怒張にもべっとりと付着している。いとしいこの子の処女をもらえたと、永太は歓喜した。

しかも、その処女は――。

「うおおお。おおおおおっ」

「ああ、衣里ちゃん……」

早くも痴女の本領を、破瓜の血を流しながら露にしはじめる。

白い首すじを引きつらせ、またしても両目を剝くようにした。少女の中に隠していたもうひとりの緑川衣里を、惜しげもない大胆さで見せてくれる。

「衣里ちゃん、気持ちいい？　ねえ、気持ちよくなってきた？」

……グチョグチョグチョ！　ネチョネチョグチョグチョ！

「うおおうおうおう。あああ、なにごれ、なにごれええ。うああ、おおおおおっ」

完全な個室だというのに、あわててその口を押さえたくなるほどの声量だ。

あのおとなしい少女のどこに、こんなはしたない声をあげられる人格があったのだと驚愕せずにはいられない。

「おおお、おおおおお。き、気持ちいい。なにごれ、なにごれ。おおおおっ」

「くうぅ、衣里ちゃん……」

永太は早くも限界だった。

肉棒を咥《くわ》えこんだ胎肉は、想像していた以上のいやらしさ。波打つ動きで蠕動し、吐精寸前の肉棹を緩急をつけてしぼりこむ。

いやでも射精衝動が膨張した。肛門をすぼめればそのたびに、悪寒によく似た鳥肌が腰から背中に駆けあがる。

「ああ、だめだ、もっともっとチ×ポを挿れたり出したりしたいのに……ああ、衣里ちゃん、そろそろイクッ！」

――パンパンパン！　パンパンパンパンパン！

「うおおうおう。ああ、羽村ざん、奥まで刺ざる。なにごれ。奥もいい。なにがあるの、ごご。ごごなに、ああ、ぎもぢいい、ぎもぢいい、うああああ」

「はぁはぁ。はぁはぁはぁ」

いよいよ美少女はトランス状態に突入した。永太はそんな衣里を抱きすくめ、怒濤の勢いで前へうしろへと腰をしゃくる。

――グチョグチョグチョ！　グチョグチョグチョ！

「うおおうおうおう」

(ああ、気持ちいい。ほんとにイク)

どんなにアヌスを締めつけても、もはや限界のようだ。地鳴りのような音が聞こえ、ベッドごと揺れているような感覚をおぼえる。

「おおお、ぎもぢいい、もっど刺じで、おぐまで刺じで、おぐいいの、おぐっ、おぐっ、おぐぐぐぐっ、おおおあああ」

つつしみも偏差値の高さもかなぐり捨て、衣里は淫らな獣に還った。ふたりの胸につぶされて、ひしゃげたおっぱいがクッションのようにはずむ。

つんとしこった乳首の硬さ、そして熱さを、永太は生々しく胸板に感じる。

「ハアァアン」

衣里もまた永太を抱きかえし、カクカクと腰をしゃくった。上品な少女にも似合わないいやらしさで、自らも性器を永太の亀頭に擦りつけてくる。

永太の全身からぶわりと汗が噴きだした。それは衣里も同じである。

異常なまでに体温をあげ、毛穴という毛穴から大粒の汗を一気に噴いた。温室に入ったときに感じるような、むんとした暖かさが永太を包む。

(イクッ!)

「うおおうおうおう。ぎもぢいいぎもぢいいぎもぢいい、イグッ、イグッ、イグイグイグイグ、オマ×ゴイグイグウウウッ、あおおおお、おおおおおおっ」

「衣里ちゃん、出る……」

「おおおおおっ! おおおおおおおっ!!」

——びゅるる! どぴゅどぴゅどぴゅどぴゅぴゅううっ!

(あああ……)

魂までもが揮発するような射精は、雄々しい脈動音のオマケつきだ。

ゴハッ、ゴハッと咳きこむ勢いで欲望のリキッドを撃ちだすたび、衣里も汗まみれの裸身を痙攣させる。

「おう、おう、おおう……あ、あだってる……おぐに、おおう、ぎもぢのいいどごろに、あだだがいドロドロがあだってる、あだってる、おおおおお」

「衣里ちゃん……気持ちいい……」

「おおおう、おおおおおうっ」

衣里は永太の体重をものともせず、なおも激しく身体を跳ねおどらせた。

下手をすれば転がりおちてしまいそうになり、永太はあらためて、ひっしと衣里にしがみつく。

衣里の淫肉は、まだなお蠢動しつづけていた。

もっと射精して、もっともっととねだってでもいるかのごとく、ペニスを締めつけては幸せそうにザーメンを被弾する。

「あああ……あああああ、ああ……」

「はぁはぁ……衣里ちゃん……」

ふたりは長いこと、絶頂の恍惚感に酔いしれた。どちらも相手を強く、強く抱きすくめ、性器も深々と密着させて淫らな幸せをわかちあう。

「見られ、ちゃったよう……」

やがて、ようやく理性が戻った顔つきになり、恥ずかしそうに衣里は言った。見ると、困ったように柳眉を八の字にし、どうしようという顔つきで永太を見あげる。

「もっと見せて」

そんな少女に、永太は言った。

「羽村さん……」

衣里は永太を見る。

「嫌いに……ならない？」

「なるもんか。もっともっと好きになりそうだよ」

永太は心からの想いを言葉にした。

「羽村さん……」

「だからもっと見せて……ね。今夜は俺、まだまだ衣里ちゃんを放さない」

永太の言葉に、衣里はくすぐったそうに身じろぎをした。

なんてかわいい少女だろう。

永太はもう、どうにかなってしまいそうだった。

ふたりの夜は、そしてこのあとにつづく長い長い恋の物語は、今ようやく幕を開けたばかりだった。

処女覚醒《しょじょかくせい》 ふしだらな遺伝子《いでんし》

二〇二二年 八月 十日 初版発行

著者◉殿井穂太【とのい・ほのた】

発行◉マドンナ社
発売◉二見書房
東京都千代田区神田三崎町二-一八-一一
電話 〇三-三五一五-二三一一(代表)
郵便振替 〇〇一七〇-四-二六三九

印刷◉株式会社堀内印刷所 製本◉株式会社村上製本所 落丁・乱丁本はお取替えいたします。定価は、カバーに表示してあります。

ISBN978-4-576-22105-2 ◉Printed in Japan ◉©H.Tonoi 2022